風草のうた

吉村久子 作品集

青磁社

風草のうた＊目次

庭石菖

彼岸花

雀の帷子

吉村久子作品集

風草のうた

庭石菖

花を持ち小さき実つくるニハセキシヤウひたすら明日の命いだけり

大淀川

朝焼けの明《あか》る妙《たへ》なり緩るゆると流れて海にそそぎゆく川

神神の御世より尽きざる大川か三十年余を岸べに棲めり

対岸の小戸神社に子と詣づ産土参りの太鼓ききつつ

昼ながら霧はれやらぬ川の面に枢とも坐すいさり小舟は

午前五時の大淀川は霧のなか昇りはじめし太陽とかす

ガリヴアとなりて屈みぬ川原に咲きひろがれるニハセキシヤウに

咲き盛る野草の蔭に生なまと転がりゐるはトカゲの尻尾

群れ鳥の去りて真広き大淀川カイツブリはただ一点となる

ケイタイをかけつつ土手ゆく自転車の坊さま法衣の袖を揺らせつ

あはあはと揺るるカゼクサ白猫は振り返りつつかき分けゆけり

金髪の青年の押す乳母車みどり児の顔のぞき込みつつ

新しき担任のこと告げ合ひてしばし堤に立ちどまる児ら

春いまだ寒さの残る土手径を元校長のかけていませり

大淀川を羽搏きて起つカモの群啼きつつ茜の夕空を指す

カラスノヱンドウ花咲くなかを潜りゆく犬は露に濡れてはしやげり

炊ぐ手をしばしとどめて窓によれば自転車の娘かへりくる見ゆ

衣摺れのごとき羽音の瞬時してカモは闇を翔びてゆくらし

手相

手相観の媼の言へる「しあはせになります」は何とも信じがたかり

いつもいつも歩行訓練せし翁今朝は堤を自転車に駈く

信頼を裏切られしと思ひをり憎しみはいつしか哀しみとなる

縄張を拡げむとするか犬の太郎あちらこちらとわれ曳きまはす

遠空の花火とも見せ雷のかすか鳴りいで閃光はしる

この夏もホタルを見ざり川の面に浮子ひからかせて竿もつ翁

中三の子の持ちかへる成績表しまし黙して言葉をさがす

危篤なる父に翔びきて止まらむとしてをりし蚊をふと思ひ出す

角たつる目に野良猫を追ひたつる義母も老いたり背の丸みたり

学資ホケン満期となれり花嫁の支度にいかがと誘ひの尽きず

靴擦れの痛みに堪へて靴を売るパートの終業時刻近づく

二十円アップの時給弁当の冷たき飯に小石まじれり

舌たらずの幼児のことばハッとして振り向くわたしかつては保母で

商品出しの作業了はれり客の無き目下の話題はエイズの病

夜更けても尚帰らざる子を待ちて門辺に出でつ入りつしてをり

夕暮るる川を見下ろす土手径に犬の太郎の欠伸しはじむ

その重き口より鉛を吐き出して思ひのたけをわれにきかせよ

なけなしの金を盗まれ萎れゐる子になけなしを叩《はた》き送りぬ

ぎらぎらと射す日の痛し疾走の車の豚はよろめきゐたり

よちよちの幼児がころびて泣きわめく太郎はふり返りふり返り見つ

戸を繰ればば若葉をわたる風に似て夜汽車の音の遠ざかりゆく

同窓会

串間産の干物持ち来し旧友が同窓会の話切り出す

三十年ぶりか友のこめかみの黒子《ほくろ》ばかりは変はらずにある

色あせし写真の中より出で来しよ友目の前に笑顔に立てり

しみじみと互にみつめあふ時の友の目差しああこれだつた

席順の籤引きなれば遥かなる向かうに在す初恋の人

木の間より密やかにひとり見送りき岬行きのバスの君の横顔

高校時代の話尽きざり挙りゐてわが初恋は肴とされぬ

宴闌けてもう時効だと次つぎに恋を告げゐる告げられてゐる

手をとるも腕を組むさへ自然にて男女のへだたりあらずたのしき

＊

我武者らに奪はれもせず捧げもせぬわが胸裡なる手つかずの少女

シロツメクサ

ふと見れば足許の小さきシロツメの花にも春の闌けてゐにけり
摘みてすて摘みてはすてて幼子のシロツメクサの花と戯る
渡したる四つ葉のクローバ手に持ちて花嫁はうたふ明るきこゑに
かなしみを覚られまじと然りげなく振る舞ふ娘の背にふれられず
壁に吊る夫のYシャツよれよれとありて心のよりゆく覚ゆ

目を細めタバコの煙くゆらする夫のポーズの何となく良き

赤マンマおぼろおぼろのままごとにそつと盗みし茶碗のひとつ

味噌つきて送つてもらふも今年まで老いゆく母をさびしと思《も》へり

離れ棲む子の靴下の片付けに穴をみつけぬ手に嵌めてみる

大根と白菜を積みペダルふむ子育ての日を喘ぎしやうに

あどけなく声清らかにママとよぶ隣のをさなに心温めたり

エッフェル塔

旅の日の近付き夫とトランクの鍵をあけさし互に試す

シベリアの上空飛んでゐるなんて〈タイタニック〉を視てゐるなんて

一瞬を天女か翔る冠雪のアルプス山脈ＪＡＬ機に越えぬ

ロンドンのパラゴンホテルの十二階三一室に靴下つるす

エッフェル塔二十三時の風つよし見下ろすパリの灯のあたたかく

セーヌ河の懐深く抱きたる炎のごとき夕つ日の玉

ナポリなるカメオ工場作業師の指ダコがんとがんと付きをり

モンブランを目指すロープウェィの発つ際に乗りきたる人市長さんなり

初にして最後の旅のヨーロッパ退職祝ひて娘に贈らるる

*

日常にかへる入口羽田にて夢のをはりに見る夕茜

金木犀

金木犀のほのかな香りにつつまれて犬と戯る出勤前を

夕暮るる門に帰りを待つてゐるゴミ出しバケツはぽつねんとして

ひたすらに車道をよぎりゆく虫を見すてしことも今日の悔いなり

いよよ年貢を納むる時が来たのだと歯を抜かれをり眼つむりぬ

休日をポニーテールの髪型に過ごす一日心はなやぐ

化粧品を節約しつつ購ひ求む中西進の『万葉集』を

私の主婦業たるや夫の背広をむざむざと虫に喰はせたりする

包丁の柄の指型に擦り減るを娘は笑ふ大事に使ふと

入選歌を読まむと義母は立ちゆきて老眼鏡をさがしはじめぬ

勇気あるわが母なりと娘言ふジーンズをはくわれの姿に

何の日といふにはあらず娘ふたり薔薇にリボンの花束くれる

呉汁

宿直を了へ帰りくる夫待てり呉汁の大豆をすりつぶしつつ

かへるなり鞄を置きてフルートを吹きはじめたり十六歳は

受験日の近き娘ら食卓に歴史の年号言ひ交はしをり

二十年すぎて漸く老い義母と夫を語らふ内緒話に

炊ぎつつ聴き入る夕べ娘のピアノの銃弾流るるごときショパンを

学費

学費送るＡＴＭはがつぽりと大口ひろげて御札のみ込む

子に送る学費累計八桁の大台に早やも届かむとせり

酷きかな0.1の少差にて一桁番号狂はす偏差値

三十二万三千八百人中の娘の成績を確かめて知る

入試了へ帰り来し娘の柔和なる目差しに雛の髪を撫でゐる

毬藻

不揃ひの毛並に痩せし北キツネ白樺の木の蔭にまどろむ

訓子府に奔る救急車の患者ヒグマ・エゾシカ・北キツネかも

参院選の大音声を聴いてゐる原生花園のエゾスカシユリ

オホーツク海の表情カメラに収めゆく海大好きな姉への土産

六月尽気温十度の午前四時ねむれ毬藻よ起きるに早し

水槽に八百歳の毬藻生く六十四歳言ふことのなし

薄野の客引きを夫は右の手に切り払ひつつわが前をゆく

長万部にイクラ丼食ぶるとき聴こえ来選挙の鈴木宗男節

一人静をイネハムと云ふアイヌの語黒ユリの花はアンラコルとぞ

やはらかき語感大好きこの地名足寄・倶知安・留辺蘂・留萌

墓参

豌豆御飯炊きつつ想ふ父親の危篤しりしは食べてゐしとき

父親の見送りくれし京町駅にけさは墓参のために下車する

丈高き父はひつそり駅頭に出迎へくれぬ眼裏に顕つ

思ひのたけ語り合はむと待ちくれる母の難聴すすみてをれり

つぎつぎに願かけらるも忙がしい　父の遺影のつぶやきを聴く

田舎にはだらんと気取らぬ空気あり私の心もほどけてしまふ

生きむとする姿いとしも一センチの隙間にツクシは頭をもたぐ

雨の日を歩くのが好き透明の傘に水玉びつしりつけて

わが家のかみなり様はゴロゴロと日がな畳にメジャー観戦す

親バトの口よりゑさの移るとき互の頸のくねりくねりす

学童の思ひがけない〈おはやう〉に一オクターブ上がるわがこゑ

ホタル

土手に見し昨夜のホタルは降る雨に何処の草に籠りてをらむ
煌めきて星屑ひとつ降るごとく子を乗せし機は近づきてきぬ
川風にのりて聴こゆる夜祭の鼓笛高らに今盛りらし
黄泉路より振り返り見る現世はかくのごときか対岸の祭
暗闇に食器を舐めて音させる繋ぐ太郎の生もかなしき

裏町のパーマ屋さんの二階よりたどたどとして三味の音する

出迎への空港ロビーに出会ふなり〈りんりんに乗せて〉と指切りをする

麦藁帽子陽に光らせて三人のる自転車のたりと砂漠のラクダ

拳もて乳房小突きて修豊《なおと》言ふ〈ママのおっぱいなんだよこれは〉

肩車の拓豊《ひろと》の司令受けてゐる夫は前後左右に動き

躓ける二歳の修豊のこゑのやむ引つこしアリの行列みつけ

ピエロの鼻

階下より聴こえる夫のつぶやきが階段じよじよにのぼつてくるよ

さういへばアンタが大将とつぶやきてあら草抜きし日日あつたつけ

夫のいふ耳鳴りの音伝染す夫のみんみん私のじいじい

この頃は地球の引力感じるの肩がだんだん下がつてくるよ

どうしても合はぬ家計簿三日後に思ひ出したり　フライパンだつた

家のなかの時計七個は阿《おもね》らず進むがありき遅るるありき

棚に置くピエロの赤く丸い鼻笑ひかけくる〈don't mind〉

頽れるばかりに座る老犬と視線あひたり真夏の午后に

雷鳴の轟く中を濡れながらペダル踏みたり　たまにはいいか

いただきて色づきゆける式部の実「紫の会」の友の逝きて一年

いい風ねもう秋の風つぶやくにかたはらの夫ふかく頷く

黄楊の櫛

若き日の孤独は暗く寒かりき今は手玉に取りて慣らせり

境内のうら山に遺る防空壕なつかしき跡いまに見るとは

幼児期はいくさのさなか人形を抱き遊べる時代にあらず

抒情歌をかすかに流し啄木の歌読む夜は少しおだやか

鼻曲りとは知らなんだ鼻柱がメガネに右側ばかりが凹む

猫なでごゑ裏ごゑ濁ごゑあるなかの猫なでの次にわがこゑ嫌ふ

母の字のなかの点点は乳房かもいやいや涙のしづくと思ふ

だんまりにをれども怒りを俎板にきざむ音もて自己主張をす

リフォームのキッチンよりも三十年の古い扇風機に娘おどろく

黒髪に装ふわれもゆるせない食品の偽装明るみに出る

ザラザラと硬貨を入るる音高く募金の生徒ら手をたたきたり

夫とわれに義母の加はる日常はトライアングル所帯とよばむ

おいしさに自づとまぶたを閉ぢて食ぶ舌にとろける胡麻の豆腐を

菠薐草のみどりを茹でつつ思ひをり老いたる母を逝かせたくなし

母さんは重い　いざとならば火事場のなんとか力を出すよ

秋空を流るる雲に遊ばせたり空つぽにせるわれの心を

穂ススキに甦りきぬ幼髪の黄楊の櫛もて母は梳きにき

黄色濃きアワダチサウと穂ススキの白きが寄り添ひ土手になびきぬ

樹の茂みに潜みゐるもの何ならむ　あつ白熊だなんだ縫ひぐるみ

紅に黄に散らしゆく落葉をまとへる星が地球いま秋

還暦をすぎたる身体ボクサーがゴング待ちつつ身構ふに似む

衰ふる身体の機能またひとつ詠みゆく歌は二つ三つ四つ

人去りし夕べの館に影ありて心ほのぼのと観む牧水展

ナマヅの子

ぬうらりと捉へそこねしナマヅの子夢の中にてずんずんふとる

スタンドの明かりの外へ出でてゆくアリ一匹は砂漠へむかふ

生垣をおほひて山の芋の蔓棹に巻きつき零余子はぐくむ

木犀の香りのほのか繫がるる太郎は発情《はる》のこゑをあげたり

サラ金に家たちのきし人の庭ブルドーザーの動きはじめぬ

彼岸花

若くして逝きし弟の叶へざる夢のごとしもヒガンバナ咲く

ヒガンバナ

白き脚をみせて草原かけ去りぬ野分の前の先駈けの雨

洪水の残しし芥の中ゆ伸びひともと赤くヒガンバナ咲く

ヒガンバナさみしくもなきかみどりなす葉と同じ時を生くることなし

夕かげる草原のなか紫にさやぎてやまぬチカラシバ一叢

落ちてゆく夕日惜しみぬぬばたまのカラスは「アカン、アカン」と啼けり

主婦

一列にねかされ土足に潰さるるペットボトルの呻吟を聴く

歌会に心足らひて帰るさの米十キロはペダルに重し

これからを眠らむとする午前四時ラジオのこゑはおはやうといふ

主婦なのよ　置場のすみの自転車の前後の荷カゴが自己主張する

味噌醬油大根菜つ葉卵パン購はぬわけにはいかず購ひたり

恵比須講天保六年奉寄進名ある椀に心して盛る

ギギギギと音たつるのちにゴトゴトと動きはじむる古洗濯機

購ひ替への洗濯機の操作手に負へぬ夫をよびよせ動かせてもらふ

呉汁にする大豆をつぶすに手間どりぬ夫と交互に擂粉木をもつ

をさな子の去り片付くる卓の下やうやく見つけし怪獣の首

手荷物を置きて旅立つまぎはまで娘のひくピアノ〈小犬のワルツ〉

楠の嫩葉

川岸の波のまにまに腹を見せもがく魚をり　死ぬなよ生きよ
井戸水の味なつかしき何時となく時代の流れに添ひて購ふ水
幟の竹曳きつつ土手を帰りにき背に負ふ息子をあやしあやして
キンポウゲ、シロツメグサにアザミの花川沿ひの土手に花綵《はなづな》をなす
入試日の坂こぎのぼる少年の背にあかあかと朝日のエール

花冷えにくぐもりて鳴くハトのこゑ吸ひつつ土に糠雨の泌む

花見上ぐるわれと目の合ふ二階より見おろす幼の笑顔のひとみ

もこもこと輝き空をおしあぐる楠の嫩葉のこゑあげゐむか

魂ごもる雛のまなこの謐かさがその冷たさが異界にさそふ

何となく背筋の冷え来一万点の人形の目にみつめられゐて

歌詠むに了はりはあらず広辞苑の「余生」の一語取りのぞきたし

さびしき器

食膳をかかげて階段下りる背に落つるなのこゑ百超す義母の

入浴の介助はじめて洗ひやる義母の足裏まこと小さき

籐椅子に夕暮るる空ながめゐる義母は何を思ひいまさむ

人はみなさびしき器となりゆくか義母・母・いとこの清ちやんまでも

くるくると手首捩らせ踊りゐき酔ひたる父の〈花は霧島〉

購ふことに力を入れし家具古び今は捨つるに力の入る

八重山諸島

「ちゆらさん」の小浜島に渡りゆく朝ドラに視る家は此処ここ

由布島

水牛車の牛の勇作三線の音に尾を振り干潟曳きゆく

竹富島

白浜の星の砂たつぷり靴底に連れて帰らむ海をわたりて

帰りきて三日ばかりを口遊む〈マタハーリヌツィンダラカヌシャマヨ〉

かはいい犬のお母さんに

犬飼ふも三度目となるこれからは可愛いい犬のお母さんにならう

尾のあらば私はきつとくるくると悦び振つたよ犬いただきて

意地つ張りの一歳のミルクと六十五歳つなを曳き合へり散歩の土手に

アルミ杓子がちやんと落せば愕きてミルクは半日キッチンに来ず

ミルクと同じ高さに屈まりてヒメヂヨヲンの中に首をならべる

＊

天気予報と変はらぬ口調で告げらるるパキスタン自爆の死傷者の数

ミャンマーに斃れし長井氏の到着のテレビに見入る居ずまひ正し

電車脱線事故百七名の死亡者の百四名がわれより若き

もう時間足らぬ足らぬと言ひながらいつもゴロ寝をなさつてますが

虫と虫になれてよかつた職退きしのちの二人の短歌と写真

都井岬

都井岬野生の馬の身ふたつになるやむぎゆむぎゆ湧き出づる雲

恋ヶ浦ゆ岬めざせばひよつこりと野ザルが貌を出す道の辺に

灯台の眼下の海原の青青青牧水も立ちし日向の岬

草原に音たてゆまりする馬に添ひし子馬のちよちよつとこぼす

都井岬岩に砕けし白波の飛び上がり咲くか蘇鉄林のユリ

岬なるホテルに夫と宿りゐて飛魚料理をいただく旨し

朝まだきカーテンひけば最早ゐて広場の草食む御崎馬かも

地面這ふ草を食みゐる三、四頭歯茎むき出し削ぐやうに食む

蘇鉄の実に手を加へたる南男猿（難を去る）とふ日向の土産

高校のキャンプ子馬に足ふまれ目ざめき小さきテントの端に

老眼

真暗でごあんすなあと戸をあけてミルクに曳かれて堤を歩く

わがまはりタカタカタカと駈けまはる犬は曳綱をぶんまはしとし

ぬんめりと湿り冷たき犬の鼻腔を押しつゝ餌をねだれり

川底を漁るカモの群水の面にむくりむくりと尾羽を立つる

対岸の汀に佇てるゴキサギのこゑ一直線にとどく朝あけ

＊

老眼はときに楽しも町なかに出会へる人が笑顔にも見ゆ

乗り込みしときに地震せり乗客は知己のごとくに饒舌となる

背番号32番は土掘りて遊びゐるなり少年野球

世界貿易センターいまだ残れり旅の子の送りくれたる絵ハガキのなか

あれまあと爪立ち見まはす野良ネコのトラ解体の了はる隣家を

子スズメ

舗装路のくぼみの中の水たまり痩せ子スズメは雲をつつきぬ

帰り掛けのバスの窓より見てをれり夕日のみ込む霧島山を

おたがひの機嫌をはかるバロメーター歩く足音ドア閉ぢる音

日向灘をかけこし風は一服と葉桜揺らし戯れをりぬ

十字路に風の脚見ぬ落ちし葉を彼方此方まろばせ駈けまはる風

溝川のヘドロの中にカヘルゐていまだ微睡むごとき丸き目

*

柄になく思はるる夢見をりしが介助の義母にさまさるる二時

四十年刈りやる夫の髪に似ずはじめての義母の毛のこはごはし

外歩きの帽子この頃ぽつねんと日向ぼつこの義母の頭にあり

どうしても減らせなかつた三キロを介助といふがなんなく減らす

ワシントニアパーム

〈田舎の木〉横浜つ子の孫言ひて指さす見ればワシントニアパーム

扇風機首ふらないじやん購ひかへたら?小三の拓豊に首横に振る

魚つてベロあんのかなオシヤベリがちつとも聴こえてこないじやん

敷布団のべたる上に男の孫のふたりがでんぐり返しを競ふ

ラジオ体操何ですんのか知つてるかドロドロの血を溶かしてんじやん

孫ふたり声を揃へて歌ひをり保険も大事お金も大事

おほむかしは御飯と御水で過ごしたの？七つの修豊が戦争を問ふ

正嗣君喉《のみど》かわきて麦茶・水・ジュースを飲まず〈おーいお茶〉のむ

クリスマスカード

早ばやとみたり子巣立てり飼ひはじめのミルクに幼児語かけて育てる

落ちてゐるブラジャー啣へはしやぐ犬あわつるわれにますますはしやぐ

見てごらんと指さすタンポポに目もくれずかたはらの電柱ばかりを嗅ぐよ

意地を張り上目づかひに寝ころべり幼き頃の吾子によく似て

犬に曳かれしどろもどろの草の中われの一生もかくのごときか

曳かれつつ繰り言を又きかさるるミルクは真つ平ごめんであらう

別天地を望むがごとし飼ひ犬は立入禁止の和室をのぞく

行く先を決めてゐるのかミルクの目分かれ道ではぐいぐいと曳く

出かけゆく夫を慕ひて哭きやまぬミルクよ小春日の陽があたたかい

夕飯はまだかと眉間に皺をよせ問ひたげな犬私を急かす

クリスマスカード届きぬ福島町吉村ミルクの犬の宛名に

メダカ

娘のスニーカーの白線テープを目印に縫ひてつきゆく新宿の駅

シルバー席に落ちつかずゐるわれを見て夫は白毛のまじる髪指す

東京に空はないよと聴くけれど地下道のぼつて出会ふ青空

漢字の中にセクハラ見つく「嬲《なぶり》」の文字出して下さい私は女

横浜市保土ヶ谷区常盤台マンションリビングに棲むメダカ一匹

雀の帷子

足音に愕くカニが庭隅のスズメノカタビラ踏み倒し逃ぐ

スズメノカタビラ

スズメノカタビラかすかに揺れをり私に届かぬ風のささやき聴きて

もうそこに居ないとわかつてをりながらたびたび見上げる空《から》のハトの巣

戸袋ゆあたふたと去るカウモリあり野分にがたぴし戸を引きしとき

泥土に埋まる汀を白サギはぺこんぬたりと肢抜きさしす

土手にゐるカラスぺこつと音を出す耳研ぎすませばぺこつと音出す

責具のやうに

明けの海の水平線に雲重なり昇る太陽なかなか見えず
紅にあやなす川面にカイツブリの潜りゆきては姿のみえず
明け六つの鐘とよもせり水銀の如き川面にボラはねあがる
ボラの落つる音に愕くカモの群浮寝をときて散りぢりとなる
河口より差しくる潮に立つ波が岩を打ちたり責具のやうに

老い加減

塗れたる義母の下着をすすぎつつ腰のばし仰ぐ朝の青空

ケアマネージャの質問に答へる百五歳老いの加減をはかられをりぬ

仕舞湯にひたり聴きをり二階の義母の補助車を押して動ける音を

くぼみたる義母のにび色の目に点せる目薬ほろほろこぼれて落ちぬ

胸元より入り込む義母の食べこぼしのコーン・飯粒つまみ出したり

ツクシ

ねんねしなとタオルを掛けて留守にする一時間たつてもそのままの犬

襤褸のやうな洪水のゴミを纏ひつつ岸辺の木木は冬の陽に佇つ

川の面は時に打楽器ボラはねて打つ音ひびく波紋拡げつ

寄り添ふにほどよく微温む川の水カモの番にそぼふる雨は

臀をおろして尿する犬のかたはらにツクシつんつんと伸ぶ

なめらかな売り込み手口咳もまじへ受話器の中に流せるやうに

ゲームの最中に代りし電話の幼孫「又ね」と早口にガシャッと切りぬ

コンビニにびつしりの硬貨支払ひてダイエットなりぬ私の財布

繰り返し繰り返し義母は確かめぬ月の食費を手渡したかと

席順をかへてやらむか冷蔵庫の奥の納豆ぐづつてゐるよ

〈キズ・ヘコミなほします〉の看板に頼みに行きたき身体とこころ

タンポポ

さびしらにさ揺らぎやまぬタンポポの白は暮れ泥むひかりの中を
タンポポの絮はとばうかいつとぼか到頭とんだ　三段跳びに
フランク永井と呼んでもみたきウシガヘル朝の葦の繁みにうたふ
楠の葉に垂るるミノムシそつと揺り風は落ちたり公園の午後
アダムスさんに戒められぬ野の花は野にあるままに愛でて見るべし

シロツメグサの葉のかかげたる朝の露輝きてをり小さき空が

草原にさかだち試す学童のTシャツめくれてぽんぽこの臍

跳び退るわれにもましてふためけるクチナハくねりて植込みに消ゆ

茉萸の花白くま白く小さくちさく咲きて濡れをり廃家の隅に

ヲドリコサウの花の根方に転がれるスズメの骸に鼻をよすミルク

「もにやもにや」

「吉村さん」と呼べば振り向く　引籠りのをさまるビーグル犬のミルクが

金平牛蒡炒むる音にはねあがり素早くもぐれり食卓の下

お相手をさがす目をするミルクちやん　なかなかなんだ人間だつて

どつたりとふて腐れゐて上目づかひの犬を曳くのも重くてならぬ

上がり目下がり目ぐるつとまはつて猫の目　みつめし犬は楕円のまなこ

庭のカニを見つけしミルク後退りしつつ触れをりさつと手を出し

学童を恐れる犬は尾を垂れて何はさておき素つとびて逃ぐ

おばあさんみたいに座つてゐると夫　ミルクは若いまだまだ二歳

夜の静寂にかすか聴こえ来眠り込むミルクの「もにやもにや」キッチン辺り

草原の繁みに潜り唾へ出す革製のボール二十ケ余り

土手の土に穴ほりまくるミルクの手時にはモグラを捕らへたりする

踊るカンカン

タンポポの絮は小川をとびそこね流れ行きしか海へゆきしか

ハマダイコンの群れ咲くなかに潜りゆき出てこざる犬　何してんだか

朝焼けの宙に架かれる橋橋空車のバスは茜をのせて

不自由な足をひきつつ母の漬けし白菜いただく懐かしき味を

五百年欅の荒神堂の角までを見送りくるる足弱き母は

干し棹のフレアースカート音たてて春の嵐に踊るカンカン

母の日に出番なかりしカーネーション赤あかと盛らる半値バケツに

お茶の間に夫といふ名の解説者メジャーリーグを共にたのしむ

雨傘の手にあまる下校児童らは草なぎ倒すぶんぶんまはす

十三歳未満人口ぐつと減り超されてしまふペットの数に

小学生の孫も知つてるライブドア・村上ファンド・シンドラー社

ママコノシリヌグヒ

植込みの素枯るるなかを突き抜けてママコノシリヌグヒの星型の花

警察学校の花壇の手入れに余念なきお巡りさんら口笛をふく

スイートコーンの箱を置くなり宅配人は踵を返す一目散に

こうるさく寄りきて刺さむと小さき力　コレステロール高きといふに

焼かるるはさぞ痛からむ八十九の母はぽつりとひとりつぶやく

豆腐屋のラッパ吹く音まよひなく生業にうちこむ元気よき音

すつきりとした立ち姿のワンピース棹に吊るせば猫背もなくて

午前七時竹刀《しなひ》打ちする生徒らの声よし音よしセミもまじれり

どこまでが雲でどこから空なのか梅雨の川原をセッカ鳴き翔ぶ

水退きてなびく汀の草叢を千のバッタの翔び立つ羽音

わが歌にたびたび詠まるる飼ひ犬にギャラをねだれと夫そそのかす

歩行補助車

歩行補助車・自転車・車危ふかる危ふくなりかかる三人の足

お世辞とも思へる言葉をききをれり嫁にたよれる義母のかなしき

赤ちやん一人かくしてゐるぞ孫の拓豊が夫の腹をさすりつつ言ふ

十日ほど孫子の靴にうまりゐし玄関広びろ二人分には

西播蜀黍

土手に生ふセイバンモロコシ揺れやまず穂先に光る漆黒の種子

セイバンモロコシ

草の名を知りてすつきり土手径のセイバンモロコシのみどりの穂波

色づけるセイバンモロコシ揺りながらかけゆく風の姿の速し

岸近き浅瀬にあそぶ青首の頸まはすとき青まかがやく

護岸石の間に枯るるノクワンザウ心耐へゐる日日の明け暮る

カヤツリグサ踏みしだかるるかたはらの凹みの水に白雲の浮く

秋風

秋風をおよぎ近づき来るトンボしまし目玉と目玉むき合ふ

葱トロを前に細める両《われ》の目は猫のまなこに似てゐるかなあ

昼さがりの歌会のさなか密やかに嚙み殺しゐるみつつの欠伸

九十歳の母楽しますす話ひとつ持たざるままに顔見せにゆく

この俺は「蓼喰ふ虫」かと苦笑ふわが誕生日の花とし知りて

蓼科の大犬蓼か大毛蓼丈高きわれにぴつたりの花

*

頓狂なこゑをあぐる夫お茶の間に投げ出す足裏ミルクに舐められ

言ひきかせて出掛ければ哭かぬミルクちやんこつそり抜ければ鼻先ならす

ミルクに被する雨具の柄の青ガエルふりくる雨に心地よげなり

降り出せる雨に眉根をよせつつもゆつたり歩む少年清し

茶寿

数へ年百八歳の祝

哺乳瓶に授乳の頃は若かつた皺の手に義母の便器を洗ふ

義母の茶寿の花鉢を購ふ店員に茶の字百八と説明しつつ

若死にの弟偲びぬ息災の義母を祝へる席につきゐて

俤といふ字のかなし弟の年を経ておぼろとなりゆく記憶

スミレの花の歌をきかせて育める嬰児生みき四月の十日

朝にわがとなへる呪文「けふは鳥」夕べ唱へむ「明日は春風」

のの字への字しの字にくの字書くやうにミルクはわれを曳きまはします

犬の尿に土の中よりくくくくとミミズとび出しぴんぴんとはぬ

側溝を逬りゆく水の音眼とづれば新緑の渓

工事了へ片付けはじめる川原に空鷲づかむ真黒き軍手

藤　房

川の面をはしりゆく風立つ波の影ひきゆけり朝の日差しに

靴ぬらし相合傘に寄り添ひてゆけどときめかず犬が相手では

倦怠のおのづと湧きくる夕つ方八朔の黄に深く爪立つ

大淀川の奔流にもまれる根こそぎの倒木は八岐大蛇《やまたのをろち》となりて

遊び相手の犬の来るのを待つミルクシロツメグサの花を嗅ぎつつ

夕つ陽の照らす土手径犬とゆくらつとらつとら五六千歩を

最後尾生きゆくわれかケイタイとパソコン持たず自転車に乗る

片肢に頭を押さへ石床の死魚の臓腑を啄むカラス

青柳といふ溝川にうごめけるカメ甲羅までどぶ色に染む

鹿川渓谷繁る若葉のいただきの緑は摑む真白き雲を

落ち葉のなかにまじる紫　見上ぐれば高き梢にからむ藤房

見上げたる春の帽子の鍔先にこゑをふらせるヒバリをとらふ

*

母と姉と久びさに会ふお茶の間に父は青年のやうに語らる

蠟燭を点けむと力みて擦るマッチ燃えつつ折れて畳にとびぬ

背を反らし竿引く男の糸先に細長き魚はねつつ光る

朝露

一九〇〇年生れの義母は三世紀跨ぎ生ききて今日も元気だ

今日の物上等ですよと口にしつつ細れる義母のオムツ取り替ふ

義母の入歯をみがくことにも馴れてきて錯覚おこすことありふつと

両掌より義母のにほひのついとたつ介護了りて窓によるとき

寝たきりとなりたる義母の掛け声の「どれ起きようか」不意にきこえ来

点滴のたびに黒ずむ腕より針抜きやれり夫と交互に

置物とあきらめをりし夫にも介護手伝ふ奥の手ありぬ

まなぶたを閉ぢてしづかな刻をもつ白鳥などを海にうかべて

見る角度をかへれば虹と煌めけり公園の芝に置く朝の露

ハンドルは赤きカンナに触れなむと傾きてをりハーレーの黒

メモをとる傍らにゐて待つミルク路端の草のにほひを嗅ぎて

かき氷

かき氷食べずに一夏おくりたり孫子の帰りこざりし今年

二十年も使ふ庄三郎銘の断ち鋏にいきうぱあの札下ぐるまま

鄙の温泉脱衣所にじつとみつめらる指名手配の犯人の目に

あつといふ貌に焼かるる魚ありスーパーの中の惣菜売場

柿の木に夕べさざめくスズメらのこゑはたとやむ犬に気付きて

お靴はかずに

ワンワンがお靴をはかず歩いてゐるよ　お靴はかせず歩かせてゐる

あちこちを嗅ぎまはる犬に従くわれは犬界人界どちらなる族

枯野原渡る風あり真夜中の電車の音の遠ざかりゆく

娶らざる子の送りくれし歳暮の品仏壇前に十日を供ふ

両親は趣味をもつから安心と息子言ひしと　立場逆転す

浪人生に春を待たずに訪るる成人祝ひの電報をうつ

わかち合ふ血と思へども妹と長く隔たる　ながく会はざり

さしかかるたび青となる交差点さあさあどうぞと招かるるごと

ガムテープ貼りて繕ふ広辞苑二十年余をめくりめくりす

擂りおろすリンゴの色の変はるまでYESかNOか決めかねてゐる

たうとう義母は

あれまあと幼のごとく百八の義母の汚せる臀を拭く

ケアマネージャーと対話をしつつ答へをり「寒いごつある冬じやなかろか」

腹薬の赤玉代を支払ふとベッドの上に財布をさがす

寝たままに義母「あー」と言ふ　かたはらの難聴の夫に語りかくれば

目ざめたるベッドの上で唐突に手を泳がせたり里へ行かむと

先刻までスプーンに食事させし義母どこに行かれた　在さずなりぬ

温もりは消えて義母より脱がさるる衣を洗ふ風つよき日を

鍋に残る重湯あたため子らと食む今際の義母のすすれる重湯

なんとなく空気がいつもと違つてゐる義母みまかりて二人の家に

かつて義母のよろこび食べゐしアユ並ぶ魚売り場に足のとどまる

森たりしわれらの家族はは逝きて林のごとしいづれ木となる

アメンボ

しろがねに撥ねあがるボラ落ちざまに水に映れる茜をたたく
白じろと暮れの澱に浮きゐるはマネキンの首小さきがぽかり
満ち潮に押されるアメンボ水際の浮草の中にしまし動かず
裏庭の紫ふかきホトケノザけふの小寒に小花をかかぐ
まだ居たよ発たずに居たよカモの群冷えしるき雨の大淀川に

雨隠る軒端のカラス首をふりあふん、あふん独り言いふ

お土産に購はれてメロンが悦ぶよ車内の通路ころころ転ぶ

観客は私ひとり上映のブザーのひびき暗闇のなか

夫の散髪了へて「上出来」と言ひつつも何だか変に刈りすぎちやつた

耳遠き母に電話のこゑ高く亡き父にまで届きはせぬか

楠若葉の中ゆ垂れゐる藤の花ま昼の空はいよいよ深し

こつそりと勝手口より抜ける夫慕ひ哭きする犬にかくれて

待つてるかも心配してるかも留守犬を気づかふ夫は日暮れをいそぐ

ふてくされ径に動かぬミルクちやんを誉めの一手でなだめにかかる

あの雲は豹こちらは象さんと言ひ交はす幼のほしき土手径

薺

青島に購ふ軽石の小さき鉢に娘《こ》は掘りあげしナヅナを植ゑぬ

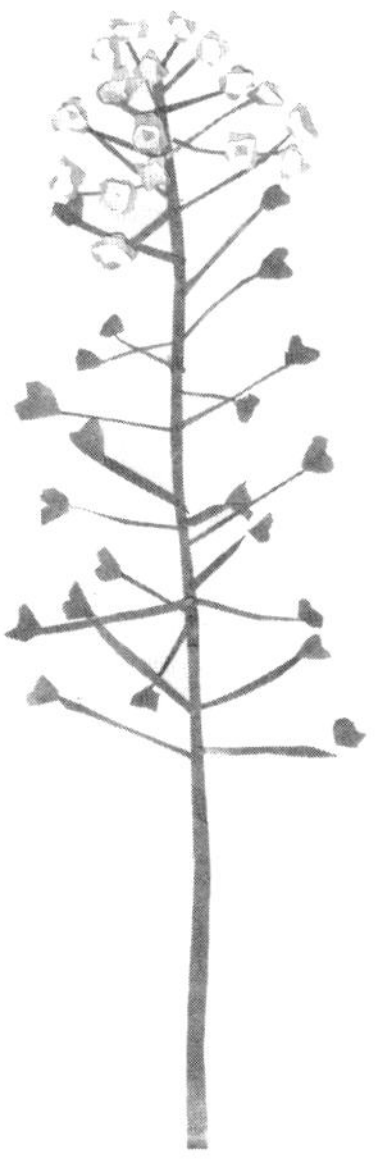

ナヅナ

ノヂスミレ・ツクシ・ナヅナの咲く土手に暫し戸惑ふ足のおろし処

七草のひとつのナヅナ別名をペンペングサと呼ぶも面白

ぺんぺんと音たつるごとく風に揺るる土手のナヅナに触れてもみむか

片腕をのばし空さす形にてクレーンは昼の憩に入りぬ

まだ何も言つてはゐないといふ男をふりきりざまに受話器をおろす

お変はりはありませんか

お変はりはありませんかとツバクラメ　いえいえ義母が在さずなりぬ

ひくことのなかりし風邪に臥す二日義母を看取りてゆるむ心に

よくもまあか細き足に百六歳まで歩きいませし義母よと思ふ

カラスでもよいぞハトでもスズメでも寄りきて遊べ わが目の前に

＊

ふる里の母と暮らしし十八年義母とくらしし四十四年

*

くもる窓をうづ巻きに拭けばうづ巻きに緑うき出づ田舎のバスに

足腰の屈伸をする運転士バス発車までの三分間を

独り棲みの百歳の友を母は案ず「これからどげんしやっとじやろか」

小三のわが自転車に付き添ひて父は走りき菜の花の径

灰皿

坂道をころがるやうに差してくる五月の夕陽を押しかへしゆく

わが身さへ目に出来ぬところ数多あり例へば背中のかもす表情

前触れなく帰つて来たる子に慌つ灰皿どこに仕舞つただらう

宴会に行かねばならぬと浮かぬ顔の子に持たせやる頭痛の薬

子育ての時に見せざる目差しを夫はいま飼ふミルクに向ける

咳こめば臥せゐるミルクが起きあがり上目づかひにじつとうかがふ

蕎麦の蜜をパンに塗りつつ食む夫と朝餉穏しく日日重ねゆく

*

数珠玉は泪のかたちと遊びにし遠き記憶が甦りくる

雨やむをひたすら待つのかクレーン車は振りあげし手をそのままにして

忠霊塔ゆ見下ろせり街を二分くる大淀川の朝のかがやき

新茶

暮れてなほ若葉明かりの楠並木かすかに街灯瞬きはじむ

店頭にいただく新茶の香りたつ絣にタスキをかけし女《ひと》より

はつ夏の風に揺れゐる紫のノビルの花のつづく土手径

何がそんなに哀しくて啼く川原のカラス頸伏せああ、ああ、ああと

家事の手伝ひ何もいたさぬわが夫の前世は働きバチであつたか

夏が来ました

向日葵の花を装ふバスが着く　お待たせしました夏が来ました

はびこれる庭のあら草おほかたは花を了へしと抜き始めたり

石段に並ぶアベックに割り込みて動かぬ犬にあわててしまふ

道端に転がるセミの亡骸に心沈みき少女期とほし

ラジオの声に耳をそばだつ「人生は貴方のことを見放しはせぬ」

波

溺れゐるハチにさし出すパラソルの柄の先届かず三寸ばかり

ライトブルーの雨傘高くさしあげて明るく展くよわれの青空

波と遊ぶ夏の浜辺に水飲めり　昔はきつと雲だつた水

制服のスカートの襞つかみあげ素足に白き波と戯れき

雑踏の中にこの身を置きにゆく摧《くだ》かれたくて流されたくて

口にしてならぬ言の葉口をつく一日二日と口無きふたり

幸せといふ言の葉のいつからか母の口より行方のしれず

自らをだましだましてありし日はニガウリの味噛みしむるごとく

青空にはにかむやうに濁流は芥をかかげそそくさ奔る

連山の上に流るる雲の帯シュッポッポのほら汽車ポッポ

旧姓

犬曳きて散歩にゆく夫小春日ののびこし影を身にまとはせて
しつとりと湿るミルクの鼻につく金木犀の小花ひとつぶ
目につきてそばに寄りゆく旧姓と同じ表札かかぐる門に
何ヶ月も聴かざる電話の孫のこゑ今日は他人の口調のまじり
タハシもて鍋底みがく両腕はこのためばかりの腕《かひな》にあらず

ふる雨に濡るるままなる放置自転車リストラの底いまだ見えざり

「こげん寒かれば、出掛くっとが、てげなきしか」媼の話はまことに寒い

倒立にくつろぐ丸椅子背負ひゐるラーメン店の朝のカウンター

古机の抽斗の奥にみつけしは成人祝ひの旧姓の印鑑

犬と歩く影の長くなる夕堤二人とよばむ二匹とよばむ

くちびる寒しとは言ひ得て妙おのが吐きし言葉にひと日こだはりをりぬ

何が書いてあるかい

ありがたうと一言いひたくてふる里の母に会ひに行くわが誕生日

久びさに会ふ母と姉がいつせいに語りかけきて私は落ち葉

仕舞はれし棚の焼酎かくれ飲み酔ひゐき亡弟五つのときに

どぶ石に躓きつつもシラサギは小さき魚のがさず咥ふ

枯れ芝の上にからだを転ばせるミルクはほのかに笑つてゐるよ

裂けるほどの大きな欠伸暮れ方に帰りて目と目を合はすミルクは

出かけむと身支度すればいち早く気づくミルクの目がさぐりゐる

曳いてゐる犬にだけ向くよ若者のにつこり笑ふその目差しは

山道の立札見上げ動くともせぬ犬よ　何が書いてあるかい

年の暮の客の少なき子の店に電気製品購はむと来たり

〈何かいいことないかなあ〉

みどり児を育む心よ綿ぬらし目やにを垂らす犬の貌ふく

若者が掠れるこゑに唄ふ歌〈何かいいことないかなあ〉

つもる欝をはらひおとさむ罌りつく皮のままなる真赤なリンゴ

呼ばれたる心地に外へ出る庭に見上ぐる空のまんまるき月

殊更にしあはせなのねと言つてみる話題を他に変へてみたくて

八手

ヤツデの木ひろげたる葉の下蔭に生ゆアカマンマまたホトトギス

ヤツデ

逞しき八手の葉をもて打たれたし自づと生気みなぎりてこむ

ひと月をけいこしたといふ象さんの「うし」の字確かに「うし」と書けてる

やはらかき冬の日差しに白菜は畑いつぱい葉を拡げゐる

欄干に首をさし込みのぞく犬に通りがかりのアベック笑ふ

合格祈願の帯を巻きゐる消しゴムは入試了へたる子らの机に

春告魚

寒の朝のラジオに聴けり春告ぐる魚のニシン大漁といふ

葦の穂の絮奔るなか重き背を風に押されてトットトトトッ

寒暖の綱引きをしてやってくる春の訪れラジオの告ぐる

白きチラシ選びて渡す朝の卓難聴の夫は筆談用と

頭を下げて通してくれる工事人われも返しておもむろに過ぐ

悦びごと長ながと友に語りたる後にふと湧く虚しさは何

子ら巣立ち義母身罷りしわが家のこの静けさを時に畏れつ

明日は発つ娘が土を被せたり春めける庭に植ゑるパンジー

手鏡に映るミルクがそばに居て化粧の了はるをおとなしく待つ

陽の射せる所をさがして来し犬が褥としたるスズランスイセン

「ウグヒスのこゑよ」告ぐれば耳に掌を添へてまなこを閉ぢたり夫は

まな板に剝きたる日向夏の皮棄つるに惜しき香りを放つ

花言葉〈私を食べて〉に誘はれて嚙めばまことに酸つぱきスイバ

かるがるとでんぐり返りを繰りかへし紙ブクロ五月の道をよぎれり

初夏の陽ざしを蹴りて野生なる岬の若駒丘を駈けたり

馬鈴薯の発芽ゐぐりし包丁の疵トーテム・ポールのごとき凹凸

ガキ大将

老老介護の母と姉より別べつに言ひ分うなづきながら聴きたり

普段着に前垂れを掛け電髪をちゆるちゆるさせゐし若き日の母

おとなりのお茶に招ばれてながながと帰らぬ母に父苛立ちき

棒を振り通せんぼせし青つ洟のガキ大将はもう爺つちやまか

ガマ

あの人とどつちが若く見えるかいつてそりやもう貴方ジャンケンポンよ

勝手口に珍客ありぬむつそりとガマ身じろがず悟り貌して

かかりくる無言電話に受話器おく夜の更けをれば亡父かも知れず

練炭の火のおこし方教へてとネットのすみの寒き青春

ここ暫し歌壇にのらざる人の名の訃報の欄に書かるるを見る

ひと息にたまる思ひをまくしたて「ではさやうなら」と電話のきれぬ

ごしごしと消せるものなら消しゴムに消したき誤解されたる言葉

てげてげに咲けばいいいのよ庭先の椿たつた一輪の花

法事にて先に逝かねば看る人のゐなくなるとの声のあがりぬ

何時きてもよい用意するいつまでもこない用意もしておくわが死

曇天にストローさして雲を吸ひ一気にひらいてみたき青空

緑内障

出迎へに立ちこぬ犬をのぞき見れば寝そべるままに尾で床たたく

充血せしミルクの瞳の診断名人と同じの緑内障と

抱き上げつつ心配すなと声にするは慄く自分を宥むる言葉

見ゆるかと語りかくれば円なる瞳にわれをみつめかへせり

おとなしき犬に点薬ひと騒動かつを節みせソーセージみせ

充血のまなこにわれを見詰めゐるミルクを撫でたり低くかがみて
目薬の時間とそばにかがまれば深い溜息ふーっとはきたり
おろおろと首をまはしてさがしゐるミルクよ此処だよかあさん此処だ
万が一盲とならばかあさんが自転車にのせ土手径駈けむ
青空が此処にあるよと池の辺に曳きてゆきたり目を病む犬を
もはやわれは盲導人か犬の足により添ひ歩む目を離すなく

家族に

拗ねるのも意地を張るのも癪だけど大目にみよう病んでゐるから

どこまでも私似の娘肢を病む犬引き取りて育てるといふ

いつの間に犬はわが家の一員か娘の抱く犬を孫とし呼ばむ

銅像となつてしまへりドッグフードの袋見上げて固まる犬は

守らねばならぬもののひとつ地震の来て颯と足許にすりよるミルク

小鳥が魚が

青といふ青をこめたる高き空はねとぶボラの音もとどけと

それほどの繁華街なき宮崎が台風銀座と呼ばれし時あり

ほの明るき紫式部の葉の蔭に桃いろの実のつぶつぶ光る

トカラ列島悪石島の名前よし皆既日食がご縁となりて

野菜の名を和名に書けば目に豊か甘藍・赤茄子・花野菜・松葉独活《うど》

水鳥が魚がわが子に思へてくるよ川近く棲むわれにはもはや

しつかりと地を踏み生きて来し足の見目悪しき指と爪を嘆かず

保母さんの結婚式に園児らは声轟かす「愛してゐますか」

白南風の大淀川の工事場に巨き機器の手石鷲づかむ

星空の摩訶不思議さよわが前をよぎりゆく猫さう思はぬか

ふさふさと少年の髪豊かなり潮の香りの雫をおとす

教へてもシャツの裏きてそのまんまどこまで呑気な孫にてあるか

特攻隊員最後にひきし「月光」のピアノの前に修豊動かず

光りもの鳴りものの増ゆ案山子かしらに総動員の田の自警団

夏の熱気が旋毛の中よりもぐり込む暑中見舞を出し忘れゐぬ

去りかかる夏の尻尾にしがみつきセミ鳴きてをり只の一匹

ホフシゼミ鳴き出だしたる黄昏のわたしはさみしき空セミとなる

竹林

天神の森に響けり泰山竹の風に打ち合ふ音かんかんと

風に撓ふ金明孟宗竹の音どうととどうと空に響動《とよ》もす

笹竹の脱ぎたる皮の敷くうへを風も小鳥もことことと這ふ

大竹・寒竹・真竹・芽黒竹めぐる公園に日の暮れ近し

手に余るどんぐり拾ふ謐もれる林に死者を数ふるごとく

へのへのもへじ

今日は何処の歌会に行くかと朝食の箸を置く夫曆たしかむ

からからと笑ひやまない友のこゑときに受話器は楽器となれり

隠りがちの夫を誘ひて遊ばせる友なきものか　少し悪友の

白毛まじりの夫のアゴ髭のびゆくを見るたび心穏やかならず

湯気にくもる鏡にへのへのもへじの顔われに似たりとしばし戯る

ずぶ濡れのスカート絞りぬ穿きしまま鰭のやうに両手つかひて

天井にぴたりと張りつき夜をこすカウモリは亡父の訪問だつた

独り身の娘の昇進祝ふ卓を囲むは夫と二匹とわたし

コップの水ぐぐぐと一気に飲み干すも叶はずなりぬこれしきのこと

老い母に送りつづくるハガキに今更何をがんばれと書くや

おでんせ

ふはり浮く雲のすきまに見おろせる陸奥《みちのく》は何とあかき山脈

花巻空港に迎へられたり〈おでんせ〉とお国ことばの観光ポスター

よく噛めば美味きもわれの歯に痛しいぶりがつこといふ沢庵の

車体いちめんに描かれし紅葉流すがに走りゆくなり陸奥のバスは

奥入瀬の流れに沿へる黄葉見つ生きゐてほんにほんによかつた

「散髪を」

歌ひとつたちあがりくる台所あわてて白きチラシをさがす
私が歌を詠むのと飼ひ犬の穴ほりまくるはイコールである
人ならば三十路のミルク下腹が弛みましたゾほら喉頸も
喉頸の弛みはじむる飼ひ犬は〈肝つ玉母さん〉みたいに肥り
さういへば近頃見えぬ包丁研ぎのいたく痩《や》せたる初老の男

見上げる目にふつと兆せる憎しみを受けとめかねて犬に屈みぬ

「散髪を」言ひさす夫が二拍おき「してくれんかね」と声かけてくる

岸近く佇つ一本の落葉樹にカラスら果実のやうに動かず

潑溂と向ひの岸を駈けてゐる若きらの足のハメハメハメハ

明日のわが姿か九十三の母の不自由なる耳不自由なる足

「まだ生きんといかんとじやろか」と言ふ母よ生きて下さいまあだまだまだ

ハグ

砂利道を一歩いつぽ踏みしめて弱視の犬のかへりつきたり

雨合羽きせて曳きゆく飼ひ犬にずぶ濡れの生徒ら「おいおい」といふ

これほどに慈しみても人になれぬミルクに聴かせる「夕焼け小焼け」

ビーグル犬にハグはすれども夫と子に迚も出来ない　出来ないとても

待ちに待つ娘が明日はかへりくる孫ではなくて犬の仔を連れ

白雲のうす紫に染めてゐるあまた岸べにたつ花樗

巣立ちたる巣にときたまは戻りきてをさなきカラス羽づくろひする

赤き実をつけて土這ふヘビイチゴ裏庭くらく梅雨に入りゆく

ビルの間を謐かにこぼれてくる雨に蒼き紫陽花夕べをともす

川原の繁みに地鳴きをかはしゐる鳥の幾種か目覚めの早く

湯船より仰ぐ夕べの梅雨の空黒き雲あしいたく速しも

文字の氾濫

ダイエットは明日からにすると友に語り茶房に味はふショコラパルフェ

墓石を売り込む電話にこたへたり「あります。逝きます。すぐ入ります」

ビニールを透かし見ゆるはマニフェスト選挙の朝のごみ収集所

歩きつつ石をけりつつケイタイと対話の少年おつと躓く

「すみません」夜道に頭下げ歩くケイタイ人間おつかれさま

手品する孫に愕くふりせしがそのうち真顔となりておどろく

久びさの友よりの電話ポリープの検査了へたる声の明るし

パレードに松田丈志は披露せり清しき自分の色なるメダル

高学歴・ワーキングプア・限界繁華街世相あらはす文字の氾濫

欠点は一口多いことかなと麻生総理けふはつつまし

購ひ替へのメガネにしつかり読み取れる賞味期限と産地の表示

タンスの奥に見つけし息子のおくるみの染み撫でてみる胸に抱きみる

抱きしめて育てざりしを今に悔ゆ独り身つらぬく子を思ふ夜更け

大海原をひとり漕ぎゆく一人息子疲るれば憩へよわれは港ぞ

暮れ方になりて気づけり昨夜より点けつ放しの豆電球に

子との絆を結び直すは難かしき夜のベッドにおなかが空いた

悔いをもつわれに見せつけ了はりたりドラマに確と抱き合ふ母子

葛

クズの花赤むらさきに咲きのぼりグレープジュースの香りを放つ

クズ

歩道まで蔓のびてきてクズの花土手にもどさむ踏むはいたまし

中の木は苦しからむにクズの蔓おほひつくして匿ひてをり

皇帝ダリアの見下ろしゐたか　おつとつと猫背に歩いてゐたよ私

おめでたう友の電話の告ぐる朝さうだつた古稀の誕生日は今日

子を抱き大淀川のカモ見せし日も遥かなり　ながく生きにし

メジロ

諸もろの音に混じりて聞こえくるメジロの囀るチュチュピクチュチュリ

ごみ出しの足しばし留め見惚れたり白木蓮のホアンホアン

ジャンパーの影は離れて雪上を奔りて着地の足許に添ふ

竹林の丸き切株の湛へゐる緑の雨水　潤むまなこか

逢ひたさの心子の町へ急ぎたり山藤にほふ山峡の道を

木の間がくれに近づききたる男怖し付きくるテフと別れしのちに

乗客の老いら「ちやん」づけに呼び合ひてバスに醸せる温くとき空気

いつまでも心に残る母のこゑ「お前泊まらず帰つてゆくのか」

卒業の寄せ書を手に先生は泣いたと修豊　さうでせうとも

春の空はる雨はる風はる霞うすくれなゐに咲くハルヂヨヲン

夢はこぶ風になりたい　これまでは待つことだけの風船だつた

ミステリーの旅

〈ミステリーの旅〉に心を弾ませて狐の駕籠に乗るごとき旅

「とある温泉」「とあるホテル」のスケジュール「とある処」へ友と向かへり

松浦の酒蔵（かつぱ）は入口に看板がはりの杉玉吊るす

酒蔵の守り神とふ河童のミイラこんなものであつたか河童は

幾種もの利酒に酔ふ乳色の甘酒味のにごり酒よし

転ぶなと母に常づね言ふわれが平戸に着きし途端に転ぶ

中国雑技ぶりの解体ショーのありミステリーといふも人間臭い

九十九島の千歳の緑の松よろし海に置かるる盆栽の小島

揺れてえうえう

膝を抱く形か重機たたまれて河川工事場夕影の濃し

外出の娘をさがし哭きやまぬダイちゃんを抱く　ほらハトポッポ

独りしてさへづる他はありません耳とほき夫のかたはらに居て

ランドセル三つ並びてゆまりせりヱノコログサの穂先揺りつつ

只今と声をかくれば聴こえくるミルクの駈けて近づく音が

逆光に見上ぐる橋をかけぬける若き集団何生き急ぐ

自転車に吊らるる缶の大袋揺れてえうえう世相のやうに

深夜便に青春たたへて唄ふ歌月の光は小窓にあはし

渓あひに見ゆ一本の合歓の花みどりに透ける夢の泡泡

揺るるたび葉先の雫ふり落としふり落としして葉に風渡る

全国予報にずらりと並ぶ傘のマークはテレビ台まで雫でぬらす

口蹄疫

ヒメヂヨヲンの花揺れやまず口蹄疫にをののく農家の長靴脇に

ネヂバナが悶えるかたちに空を刺すいま牛と豚の殺処分のさなか

カヘル一匹われは殺せず殺処分にかかはる人らの大きなる力

出産の三時間後に薬殺せし母牛に子を抱かせて埋むと

「埋却」のことばは寒し牛と豚を埋葬しつつとわれは言ひたし

埋葬の作業の半ば牛豚を待つふたり重機の影に膝抱く

一ミリの四万分の一の菌絶やせずにただ拡がりゆけり

あまりなる数の牛豚に注射せし獣医の疲労骨折す腕の

面窶れして目のくぼむ知事さんがその日その日の経過を伝ふ

市役所の備へる色紙を鶴に折る口蹄疫の終熄祈り

やうやつと口蹄疫の終熄す殺処分の牛と豚二十九万頭

水辺のアシ

ビルの谷間に今しかほ出す日輪は火玉となりて壁よぢのぼる

曲がりたるレールを冷やす作業員氷もて四十度の気温のなかを

自然発火しさうと団扇に陽ざしよけインタビューアーに答へる男

八百屋さんの店頭に見惚るまるまると肥る西瓜の見事な胡坐

乗合のバスの中にてきく訛「雨が降らんでがつつい温《ぬ》きど」

むくむくと拳をあげて立ちあがる雲は威嚇すわれの腑抜けを

不自由なる動きの翁を見つめをり犬は散歩の肢をとどめて

朝明けに叱つたばかりの飼ひ犬が日暮れてもなほ項垂れてゐる

コンビニに入りたがる犬お目当はおにぎりなのかおでんであるか

馴れなれしきこゑに電話で呼びかくる　さうか選挙がもう近いから

つかまれて傷みしならむホトトギス葉先にのこるセミの脱け殻

木の蔭に深く埋めたりわれよりも早く大地の土となるセミ

ゆるやかに秋は来にけり川の辺のアシやススキをやさしく揺りて

古びたる潮獄神社の庭苔に止まるはリウキウハグロトンボ

径沿ひのわづかな土に勢へるツユクサ・ヨメナ・カヤツリグサは

日の当る隣の庭に枝のばす紫式部を伐りぬ惜しみつ

濁流に圧し倒されて傾ぎゐし砂洲のガマやや立ち直りくる

おくれたる一匹なのかホフシゼミ十月の真昼をつくづくと鳴く

そよぐ穂が空を刷くがのアシの原　もう俯かず歩いていかう

逝く秋を惜しみて佇てる川原に低くすぎゆく風の音聴く

曖昧に一日過ごして夕づけるわれに鋭しモズのひところゑ

目と耳をもちて流れに呼応するわれは水辺のひともとのアシ

新松子《しんちぢり》・零余子・撫子・唐辛子・郁子《むべ》に無患子《むくろじ》山梔子の秋

父の口髭

冬天を焦がす千の実落葉の黐のかかぐる濃きくれなゐは

風落つる林に音をひびかせてコゲラしきりに枯れ木をつつく

野にそよぐススキの中に入るごとし未踏の老いに近づく日日は

庭にます二体の首なき石地蔵うからを見守りくださりてゐむ

老いに入るゴング鳴りしか転倒にしたたか膝を打ちのめさるる

五十年ぶりなる友に電話せり私は誰とクイズめかせて

病める目も寒さもつらからむ飼ひ犬に着す綿入れの赤ちやんちやんこ

励ましの言葉尽きたり老い母に送る葉書の四百枚目

母さんの牡丹餅とても旨かつた過去形ながら何時も礼言ふ

ざらざらの樹の感触はをさな日に頰ずりをせし亡き父の髭

公園にかそかに動くは落ち葉かと思へば生命　ふはつとスズメ

意外なる出来事に笑ひこみあげ来夫の煮たる金柑旨し

遠くより少し揺れつつ近づける男を見れば夫ではないか

肉そぎの刑に服すと断つスイーツ神に赦されてクリスマスのケーキ

女偏付く字の世代生きつぎて今は媼よそのうちに妣

新燃岳噴火

何怒る大地の神ぞ赤黒く新燃岳は火煙を噴く

新燃岳の火口のわづかの水たまりけふの噴火に如何になりゆく

朝刊をとりに出でたる庭先に微かただよふ硫黄のにほひ

西風に降りきたる火山灰《よな》はツハブキの葉脈に沿ひ白くつもれり

いつしかと参ることなき義兄の墓降りやまぬ火山灰《よな》を被りてをらむ

「オイチイデスカ」

絶え間なく目やにを垂らすミルクの目綿に拭へりハウ酸を点て

目薬の錠剤押し込むソーセージ与へれば犬の鼻先ゆがむ

娘よと思ひ飼ひたるミルクちやんがいつの間にやら同じ年頃

衆目を集めて渡る交差点肥るミルクを曳く重たさよ

飼ひ犬にかけやる言葉は今も尚幼児語つかひて「オイチイデスカ」

紫酢漿草

抜かむとする手をもどしたり敷石を囲み芽を出すムラサキカタバミ

ムラサキカタバミ

玄関口にムラサキカタバミ咲きしより日に幾たびも寄りつつたのし

ハート型の三つの小葉の鮮らけしかかぐる花はいふまでもなく

夕さればムラサキカタバミ花と葉を「おやすみ」と閉づ玄関口に

朝の陽にドクダミの花まぶしまぶし聴こえ来るこゑ清く生きよと

歩道橋より落ちしわが影轢かれずに車の屋根に跳び乗るとびのる

ローカルバス

円らなる種子をかかぐるニハセキシヤウバス待つ椅子の下に揺れゐつ

信号にとまる車のドライバー財布の中身たしかむが見ゆ

改造バスの降車ボタンの位置悪し頭ふれピンポン帽子にピンポン

ローカルバスに響く案内の音声はずつと空振りわたしのために

大型のバスの乗客われひとり田舎はかくもがらんどうなり

ほどほどの客の入りかと息子の店の駐車場たしかむバスの窓より
あはあはと昼の月ありヒメヂョヲンの中にかすかな虫の羽音
もう咲いてゐたとは知らぬ黐の花屋根に散りをり台風あとに
お勝手より吹き込む風に揺れながら竹の暖簾の音の涼やか
夢の中の旅に娘とはぐれたりもう外国には行かずともよし
仲違ひのまま十年は過ぎきしかスヒカヅラ咲く暗き小径に

ゆきあひの空

いつ見ても絶えず流れてゐる水に見ることのなき大淀川の底

あかねさす天満橋のシルエット二輪車ゆるゆる綱わたりせり

音もなく流るる川か月影をうつせる波の千千にきらめく

波の上に波を重ねて大水は赤きボールをころがし運ぶ

白雲の流れに足をとむる土手セイバンモロコシ両頬を撫づ

気のつけばセミのこゑの絶えをりぬさやうならとも言はないうちに

ホトトギスの葉を喰ふ毛虫うつくしきテフになあれともう知らんふり

照りかげりする対岸の草紅葉あかず見入りぬ二階の窓に

爪色《つめ》に時雨るる夕べの岸に佇つアヲサギは蓑をまとへる農夫

晴れわたる秋空にたつ尾鈴嶺のゆるやかな裾白雲を佩く

炎熱の日月のやうやく過ぎゆきて風に見あぐるゆきあひの空

父の晩酌

霧雨に翅のぬれゐるアゲハテフ低木の葉にうすく色刷く
手を揃へ待てども水の出てこない蛇口は古いタイプだつたか
澄むこゑに鳴き交はしゐる鳥ありて海も空さへ聴き入りてゐむ
晴るるかと見えて雲行く秋の空刈られしカヤクサほのかに匂ふ
尿すとかがむ姿も立つる音も人にかはらずメス犬とふは

面影もこゑもたちくる河野裕子の「膝ふるるまで寄りませう皆」

憂ひ事言ひ尽くしませ老いし母われの弱音はきかせてならず

夕焼けのひととき続く空仰ぐデイサービスより母帰る頃か

市民ランナー川内優輝の入賞がわれを励ます空気がうまい

赤銅の御手洗の屋根舞ひ立ちて銀杏の黄葉《もみぢ》青草に落つ

まぼろしに顕ちくる父が胡坐にてわが娘抱きて晩酌をしき

ヘビの抜け殻

戸袋にかすかな音すカウモリが帰りきたるか身じろぎゐるか

身めぐりに生き物の数減りゆけり　あつた見つけたヘビの抜け殻

一面に真白き靄のかかりゐる天満橋は黄泉へとのびる

息子の如き青年に手を添へられて救難ロープを結ぶはたのし

訓練の炊き出しに握るおむすびの二十個手のひら赤くひりひり

遠じろく空くもる日の肌寒し葉叢にこもるスズメらのこゑ

五つ六つのヨメナの花の空を向くひつそりとしてススキのかげに

『伊勢物語』『紫式部日記』ふたりの読書の会をもくろむ

近よれる男に「オイ」と左肩たたかれるまで夫と気付かず

語るほどの恋をもたざるわが青春頸のあたりのすうすうとする

川の面をわたりきたる夕風にさわだちはじむ無花果の葉叢

初夏

飢ゑ死にのフクシマの牛牛牛と口蹄疫の宮崎の牛

おみやげに持ちかへるとふフクシマの母子の摘みたるネコジヤラシの束

被災地の幼児の描くカブトムシ地上にあらず青空に浮く

青島にゐる夫に津波しらさむとケイタイ鳴らしき耳に届かず

同名の地に棲むわれの平穏が後めたかり　未だフクシマ

バス待ちの四、五分ほどを足もとのカヤツリグサの花と向き合ふ

夕焼けを見てかへらうかミルクのリハビリ了へたる堤に座る

亡き義母に招ばれたらしいミルクは仏壇前の座布団に臥す

スカンコとスイスイズイコの呼び名あるスイバ酸し酸し顔のゆがみぬ

「いかなこて降らんどだい」と傘のなき媼どうしのたのしき訛

人棲まぬ邸の庭にころがれる数多の梅の実日日を熟れゆく

飼ひ犬に気付けるガマが奇声あぐやさしき犬に愕かずとも

災害に避難する時19キロのミルク抱へて逃げ切れるのか

無音にてすぎゆく時間　砂浜に寄せ返る波の音かぎりなし

くさぐさの芥巻き込み岩をうつ怒濤の厳し　友と黙しぬ

ヂヂババといいふは如何なる植物と心たのしく図鑑をひらく

庭隅の南京黄櫨にブランコを作りき子らの遠きブランコ

杜鵑草

裏庭を緑にうむるホトトギスの葉先をつかむセミの抜け殻

ホトトギス

知らぬ間にホトトギスさけり彼岸すぎの陽ざし傾く光の中に

吹く風に色を添へたるホトトギス目の検査了へて帰れる家に

一羽だけ群れに遅れて翔ぶ鳥は羽の傷むか空腹なるか

うす蒼きヘビの鱗のやうに波すべらかに街を流れてゆけり

大淀川の流れ穏しも大津波のシミレーションに寒寒と佇つ

草すべり

腹ばひて草すべりゆくミルクちやん目が笑つてる口あけながら

立ちどまり見てゐる人らの言ふきけばテレビに出しなカメラを呼びな

ミルクと共に歩きし田舎時を経てツユクサ・ヨメナ・ミゾソバの花

部屋のなかに移ろふ日向追ひながら身をずらしゆく犬のミルクは

真夜中にかすかにオナラもらす犬闇のなかより吐息のやうに

如何な夢みてる犬かほろほろと哭きゐるごとく笑へるごとく

着古しの茶のセーターの袖を切り肌寒き日の飼ひ犬に着す

耳遠くなりゆく七つ上の夫わたしを置いてけぼりにしないで

いつの間に若さは何処七十路のあしたススキの風に吹かるる

入口の床板ふめばぎゆつと鳴る出てゆくときはぎゆぎゆつと泣かす

穂ススキをそよがせる風鳥のこゑ聴きとれぬ夫の耳をわびしむ

カラスウリ

おやまあま疲れたのねと裡のこゑからだがシャンと立つてをれない
秋の空をゆるゆるとゆく雲ひとつ青き山脈置き去りにして
子スズメのお宿ならむか祠在す林の梢の蔭のざわめき
九十分待たされてゐる待合室に欠伸の音す隅の椅子より
母さんは此処にゐるよと三人子にこゑをかけたき夕暮れのあり

いよよますます父に似てきし弟よ笑みてバスより降り立つを待つ

径の辺に落ちゐしカラスウリ一つ拾はず五十歩過ぎて戻れり

ことごとく葉を落としたる桜木の枝えだの間の朝焼けの雲

庭の木にからまる蔓に零余子あり手の届かねばゆすりて採らむ

みづからを圧へることは最早せず受けし苛だちわれも返せり

それぞれの思ひを負ひて生きまさむ堤に老いと挨拶かはす

母の入院

入院の母を訪はむと用意する荷に確かむる筆談ノート

椰子の蔭に小さくなりてバスを待つ揺るる葉かげに頰撫でられつ

点滴に黒ずみてゐる右腕に触るるも母はしばしを覚めず

離れ棲む娘は役に立たないと母のことばに無言なるわれ

帰りたきばかりの九十四の母細くなりたる足を摩れり

わが将来《さき》のみえくる予感　老い母の立ちあがれない姿に遭へば

＊

夫の嫌ふ椎茸弁当この時と友との旅の昼餉に購へり

二、三度はゆかむと求めしパスポートぐづぐづする間に期限を切らす

三万年前なる氷河期のナデシコの白き花今朝の紙面に咲けり

レース前にウォーミングアップする馬の皮下の筋肉あらはに動く

カラスのかん太

ふうはりと萼をほどく庭さきの白木蓮はや傷つきながら

母の居ぬ家の門辺の雪柳さみしき指にふりこぼしたり

くもりたる空に傘先突きあげしわたしのゆゑか降り出しし雨

仕舞ひゆきし義母の雨傘いくとせを経て差してみる地味にはあらず

拠り所ほしきこの頃Bクラスのプロ球団の応援はじむ

了解と人差指と親指に丸して示す耳癈《みみしひ》の夫に

庭石の下の穴より半身出しカニはわがまく餌を待つらしき

早朝の堤にひびく生徒らの櫂こぐ音と高きかけ声

アンテナに啼くはカラスのかん太かい聴きなれてゐる癖のあるこゑ

そこここに啼きゐるかん太気のつけば来てくれてゐる庭木の黐に

炎《かぎろひ》の立つとはこれか人麿の　夫に告げたく堤をかける

金環日食

雑踏の街路のすみにほのぼのと転がりゐたる、梅干しの種

雨雲の霽れて光の射してより深みましゆく大淀の川

色あはき春着の女性こまごまと税の申告をしへてくれぬ

カーテンの隙よりもれくる月光にふれむとのばす青きてのひら

あれは何時《いつ》?旅の母の送りくれし木彫の熊と状差しの箱

口先で遠慮しただけだつたのにビールの壜は素通りをする

橋の上ゆ見おろす初夏の風の脚洲の青スス キを靡かせ奔る

かりかりともう齧れない夫とわれ塩漬けの梅そぎとりて食ぶ

夫への筆談三度にとどめおき思ひのたけを独り言ちたり

夜の机に指輪をおけり観られざる金環日食からうだつたらう

たふれたるアシの砂地にみつけたりナノハナ摘まむと足とられゐつ

可愛もんぢや

「可愛《むじ》もんぢや」食餌の了はりをさとる犬が臀をふりふり寝床にむかふ

ホテルよりかへりし犬はそそくさと庭の木かげに行きて屈みぬ

夫もわれも摂らぬサプリのカルシューム老いたる犬にと獣医の奨《すす》む

さういへば気にかかる事春鳥の姿のみえず声もきこえず

取り込みしシーツに付きて来しアリを家におかへりと棹にもどせり

わがこゝろにいぢけて犬の目が据る今日はしばらく放つておかうか

「ごはんですよ」夫を呼べばそば近くスタンバイの犬すくつと立てり

犬をのせ押しゆく手車もろともにつんのめる朝たれも見てゐず

悦びは束の間だつた動物園の赤ちやんパンダの七日のいのち

肢弱きミルクに代はつて散歩するかつてよく来た公園の径

目薬と床ずれの薬塗り了へて犬をうながすねんねしなよと

カップ麺

わが裡のなにを吐かむとする咳か空しき躰の心の中の

宥めつつ生きねばならぬこと又も増ゆ足裏の指のそばなる痼《しこり》

耳鳴りの熄む時なきといふ夫を宥むる言葉もたずに黙す

針穴のみえずに挺摺りゐるわれにどれどれ貸してと夫手を出せり

夫のためスーパーの棚よりさがし出すノンアルコールの〈まるで梅酒な〉

ときどきは酔はせて垣間みてみたき　五十年余をのぞけぬ心

カップ麺を俺は食べたことがないぞ　あらあら出してみましよかラーメン

電車待つ佐伯の駅のアナウンス野鹿を轢きて遅るるといふ

*

大淀川の水干上がらば現れむ鬼の洗濯せる波状岩

釣人の仰向きにねて見上げゐる空それほどは釣れないらしい

何でも聴いてあげます

まつすぐに畦の立ちゐる畑土を雨のうるほすあざやかな黒
八重垣をなす雲の果てときとして臼ひきませり神鳴様は
大輪のオクラの黄色き花を食ぶ茎でも葉でもなく生殖器
大口をたたける相手はわれ一人何でも聴いてあげます　あなた
夏ごとに帰りくる娘の「お母さん」とよぶこゑの感触これだつたなあ

捩花

ネヂバナを小指になぞる故里のなき私のふるさとの花

ネヂバナ

つまづきて見まはす朝の堤には人影あらずネヂバナばかり

花了へし桜は弱りゐるならむ耳よせてみる手に撫でてみる

フクシマに育まれたる花鉢のはろばろ日向に届く「母の日」

母の日に逝きたる父よ「母の日」は母を思ふ日父を想ふ日

ウグヒスのこゑ澄みわたるえびの高原不動池に細波やまず

白桃

おかまひなしに齧りつきたる白き桃したたる滴に顎をぬらせり

草叢の中より取り出し放られぬボロ布のごときハトの亡骸

三度ほどくるりと回りアピールにしくじるハトが翔びたちゆけり

しつかりとせないかんぜよ呟きて龍馬口調におのれ励ます

恋とふもの無かりしやうな気のすれどじつくり思へば三つやよつつ

明るすぎる真夏の汀シロサギの影さへ白く地に定まらず

ほのぼのとヒルガホの咲く土手の径兄とよぶ人ふいにほしかり

観覧車の居心地なりしか扇風機ふれたるときにヤモリとび出す

夏よ夏よ大淀川を上りゆく提灯あかあか点す遊船

みつつの黒子

むくむくと湧く夏の雲逢ふたびに母の記憶のほどけてゆけり

葬式はどうなるのかと意識すでに濁れる母が譫言《うはごと》をいふ

昼間さへ心許なき母の記憶暗き寝床に迷ひいまさむ

かなしみは了りにしよう老い母の乱れる記憶にわれも従ふ

忠告をきかず酒に斃れたる弟夢にいでくるらしき

生きてゐてもらはねばならぬ母のない子にはまだまだなりたくはない

病室の母の寝顔をみつめつつ三つの黒子《ほくろ》の在り処たしかむ

かがまりて手触るるスミレ現なき母を見舞ひてかへる径の辺

歩く母の最後の姿門柱に凭れいつまでも手をふりくれぬ

言はなければよかつた一言思ひ出せば亡きわが母を二度も殺せり

サコちゃんと呼びくれし母もうをらず声いろまねて呟いてみる

誕生カード

末の娘《こ》を産みたる朝の甦る誕生カードに詞《ことば》そへゐて

久し振りに会ふ姉と弟おのおのの薬とり出し病状かたる

この上なく和める時か橋の上《へ》ゆ潜るカハウを夫と見てゐつ

上がり框に犬の肢つぎ台をおくブロック一つをタオルに包み

ススキの穂ゆらす風音鳥のこゑ聴きとれぬ夫の耳をわびしむ

脱原発訴へながら走る候補者小春の空の青がまぶしい

遠き日の家並かはりぬ残り坐す小さき祠の親しかりけり

緋の色にきはまるまでの黐の実をつかみてをらむ抜け殻のセミ

散り敷ける葉をふみならしゆく径にバッタ翔ぶとぶ右に左に

つねづねは言葉の少なき老いし夫教へ子むかへ語りの尽きず

帰りがけの駅に友と購ふ柿の葉寿司サバとサケとを分け合ひて食ぶ

ムクドリ

街なかの並木の椰子に夜を明かす群棲のムクドリ覚めて囂し

三十分を橘橋まで急ぎたり間もなくムクの翔び発つ時刻

午前六時に樹をいつせいに翔び発てる千のムクドリ　空気がふるふ

羽撃きの音と鳴きごゑ颯とすぎ十一、二秒をくぎづけの空

うす墨を流せるごとく消えてゆくムクドリ南の田圃へゆくか

千の鳥糧を得たるや日暮るれば橋通りの並木にもどる

＊

三万年前なる氷河期のナデシコの白き花朝の紙面に咲けり

トキの雛しかと育てよ美羽とそら、きばうにきづな、ぎん、みらい、ゆめ

中国ゆ舞ひくるものに霞む空春の吐息にくもるわが窓

カハウソは文字に識るのみ絶滅と流す録画のくりくり目玉

合格祈願

かすかなる雨音を裂き庭の木をとび発つカラス寂しきものか

目鼻だちのうするる貌のこけしふたつ書棚の隅にともに老いゆく

日向の国小戸橘の小戸神社孫の合格の御守りを購ふ

葬送のあくる日届く師の賀状御霊還りかおしいただけり

睦月尽あらあらとたつ川波にカモの番の見えつかくれつ

冬ながら日傘かかげて土手に佇つ日焼けの皮膚を少しくかばひ

枝垂れ梅の二つ三つがひらきたり長く逢はざる娘のやうに観る

ころつと逝くを呪文とせりと独り居の姉に会ふたびきかされをりぬ

わが齢こころの少し萎えゆくか集合写真に傾きうつる

小さきちさきアリは何処から来るのやらキッチンの「マウンテン・テーブル」の上

言葉もて鎧ふ心は何もなし素顔のうつる朝の鏡に

そんな齢か

ピピピピとドアを閉ぢよと冷蔵庫　味噌の容器はどこだつたつけ

かなしみの仕舞ひ所を忘れゐて眠れぬ夜明けに降り出せる雨

流行なる年の差婚のやうにして父と母とが遺影に並ぶ

サコちやんもそんな齢かと六十四の父の遺影に見つめられゐる

父親の縦ながの文字のハガキ見つ五尺八寸の身の丈に似て

何処といひて置き場所のなき原発ごみ月は駄目だと友の言ひたり

こんなにも書いてくれたか筆談の紙を数へて夫のつぶやく

日に四、五度いや六、七度みつめ合ふミルクが人ならもつといいのに

のぼらむとする坂を見上げミルクちやんがふつと溜息ひとつを吐くよ

見るからに痩せし子スズメ舗装路にパン屑つつく　だあれも寄るな

気をしづめ一言ひとこと受けとめぬガン病む友の語る心情

海中の魚

丸の内をうはの空にて通過の子「東京はどこ早く行かうよ」

雑木と言つてはならぬ樹と木と木みどりの芽吹き輝きはじむ

裏庭をはふ春の風土の面のキランサウの花撫でつつすぎぬ

海中《わたなか》の魚とももならむ潜りゆく県庁前の楠の並樹を

ケイタイを持たない主義のゆるぎたり来るとふ連絡待ちくたびれて

昨夜逝きし友の里へと一番電車トトンカカンと鉄橋わたる

予定日を迎へず死にしわが胎児四十七年へて又その日

石塊の草疎らなる高原にハルリンダウの小さき背伸び

岸の辺の三寸の草小刻みに揺るるよ穂先にシジミテフのせ

追ひこしてゆくは男かうす暗き堤に靴音乱れず固く

水やりつつ「なでしこジャパン」とこゑかけて男の培ふ苗の幾鉢

児童心理学

義母と母の看取り了はれり控へゐる老犬に介護ホケンのあらず

七、八キロ体重オーバーする犬にこつそり餌やる夫といさかふ

ダイエットされゐる犬の身になれと夫は児童心理学説く

目薬を点しやるは日に七、八度友への電話忘れたりする

はじめてのＭＲＩは昔ききし木工工場のにぎはひの音

白き皿にうかべる桜をめでながら夫との食事は少しさみしい

心の傷をまたゑぐり出す春の夜の窓より入る月光を浴び

スマホより顔あげてごらん高校生　信号のそばの桜の花を

屈みゐるミルクに差しかくる雨傘に入り切れずにわが背は濡る

ズボンの裾をたくしあげむと屈むそばに雨はねかへす一円硬貨

木蓮の葉末ゆ落つる玉の露下枝《しづえ》の若葉つぎつぎと揺り

朱き蹼

首伸ばし突き合ふカモの二羽ありて川面蹴立てる朱き蹼《みづかき》

浅き瀬のシラサギ肢をふみかへぬ風によせくる波また波に

ひとりして物こひしくも雨傘に歩きてヒバリの初鳴きにあふ

うらやみて見上ぐる空の鳥の群病めるも老いも混じりてをらず

春はもう来てをりながら今もなほ母のかたみの半纏羽織る

諍ひて部屋にこもりぬ目の笑ふ陶器のピエロをうしろに向かせ

汚れたる春のサッシを磨きませうバレエのやうに爪先立ちて

娘にもらふミニ薔薇は佳しヘップバーン・モンローの名をもつ薔薇よりも

会はむ日を印すカレンダー消しゆきて残るは三日朱の二重丸

食卓の椅子軋み出す末の娘が顔だけ出して座りゐし椅子

フキ

庭のフキを料るを夫は旨さうと言ひつつひとつも食べようとせず

われの目をかすめて朝のコーヒーに入るるよスプーン五杯の砂糖

空腹を感じさするは難かしい動かぬ夫を動かしがたく

お断りもうおことわり食べ物の好き嫌ひ多きヒトとの来世

常に言ふ夫のことばを先取りし「疲れる」といへば怪訝な顔す

私のこゑさへすでに届かなく黙もくとパンを食べてゐる夫

旨き物はほんの少しと完熟の金柑つまみて夫はながむる

老いてゆくミルクはあはれと言ふ夫の耳をさびしみ黙して聴きぬ

筆談のさなか余白のなくなりて薬袋に書き足してゆく

CMの美人は意外にあきやすい目は口ほどに物言ひすぎる

膝痛

娘はゐるか運転出来るかリューマチの診断の結果に医師の気づかふ

歩くたび膝の痛みてこゑ出せり肢弱き犬がじつとみつむる

老若の男女にこみあふ待合室イスに掛くれば膝のよろこぶ

寡黙なる男らの中にこゑ高く語りあひゐる媼ふたりは

「あと十分お待ち下さい」にこやかな看護師さんが耳打ちにくる

膝痛に処分をはじむ衣類、本、居室を階下に移さむために
自転車の荷カゴの中に忘れをり膝より剝がして丸めし湿布
かへるたび人差指にふれてみる馬酔木の花の淡きくれなゐ
このままに了はらせはせぬ庭先にユリの葉つぱが青くいきほふ

テフ

玄関先に翔びきたるテフ何処行つたおいでおいでと立ち上がらせて

昇りくる大輪の日を青色の日傘の上に球まはしする

少年らの暴行現場の川原らし画面のすみに揺るるカゼクサ

水鳥のをらざる川はさみしさみし水皺をたてて流るるばかり

夜のセミのこゑやみしときのむなしさは　わが魂をしんと冷やして

百合

六十もあるとふユリの中のふたつタカサゴとテッパウユリ庭に咲く

ユリ

土に伏すダンダンキキヤウも枯れはじめ裏庭青く夏へ向かへり

亡き友の持ちこしユリ苗殖えゆきて庭の地蔵の横に茎立つ

高く高く勢ふタカサゴユリの花のぼりゆくアリの肢のたくまし

足許を気づかふあまり行き掛けは見てゐなかつたオニユリの花

昼たけて疾風立つ庭あら草は白き葉裏をみせてはかへす

ヘクソカヅラ

垣根より物干し棹に蔓のばし花をつけたりヘクソカヅラは

早乙女花と私は呼んであげようねヘクソカヅラが庭に咲きをり

黄の傘をかかげて茸の生えてきぬ花の枯れたる鉢に三つ四つ

紫薇の花にふるれば零る　わたくしに風のやうなるやさしさのなく

宮崎特産　空とぶ玉葱

やはらかき玉葱だつて空をとぶなかなか帰れぬ娘の待ち遠し

降る雨のえびの高原石径に友の気づかふわれの足取り

Tシャツを腕に掛ける川のべの男は歌でも唄つてゐさう

ロボットの掃除機を目に追ふ夫の目尻口もとゆるみつ放し

誰彼の想ひにもやがてわれはゐず庭に真向かふ紫陽花は濃し

壁に目があつてもよろし寝ころびて手足ふりふりゴキブリ体操

〈みなしごハッチ〉

住込みで夫と勤めし養護園の幼ら何処か五十年経つ

テレビにて〈みなしごハッチ〉視し夜の幼らなかなか寝つけぬらしき

みづからをみなしごハッチと無垢だつたサチオちやんもセイヤちやんも

「俺たちはみなしごハッチ学校を卒《で》たら母さんさがしに行かう」

「オカアサン」と保育士のわれに呼びかけぬこゑをひそめてはにかみながら

身を粉にもした日日だつた吾子みたり施設児よつたり風呂に入れにき

＊

てげてげも偶にはいいか朝寝してメシも食べずにぼんやりしたい

またしても眠れない夜ＣＤのブルース聴いたりムヒを塗つたり

赤提灯に行きたい気持ふときざすへベレケののちゼロより生きむ

頑張らないがんばりすぎない決めしとき見上ぐる空は更に真つ青

ミルク

ペット飼ふはこれが最後と十年前犬もらひたりボランティアより

学童にいぢめを受けし犬らしく出くはす時はふるへてをりき

ビーグルの温和しき雌捨てられし理由は何ぞ知るよしもなく

馴れてくればころころと駈け裏庭に穴ほりまくるミルクであつた

緑内障患ひてより少しづつ肥るからだにさせてしまひぬ

変形せし肢をひきずり歩む姿見るたび責めを負ひゐる私

トトトトと尻尾に床を打ちならす仕草も今はする事のなし

犬といへどヒトと同じの老後なりねむりつづけて動くともせず

排尿の時か好物のサキイカに誘ひてやうやく立ち上がらせる

四つ折の毛布にのせる二十五キロのミルク重たし　汽車キシヤポッポ

このところ決まつて購ふ物コンビニのサキイカ・オニギリ・伊右衛門のお茶

心すうすう

行かねばと母校の小学校を訪ふ　春の閉鎖を伝へる記事に

終戦後の木造の校舎描かれて額の中よりむかへてくれぬ

戦争直後のボールは黄色き生のゴムつけば斜めに跳ねてゆきたり

シーソーに乗らなくてよかつた九歳のわたくし重くあなたは軽く

肢弱き犬をのこして来し堤心すうすうすうウォーキングする

わが裡のこゑに呼応す夕光のなかのススキの揺れたつる音
老眼にやうやくとらふ柊の葉かげの小花つつましき白
ゆるやかに視界を展く朝の日にいまだ冷たし橋のらんかん
いたづらの風は橋まで吹きのぼり書類をさらふ手提げ口より
近づけばピイッと鳴くよ川原に百羽統べゐる一羽のカモは
碧色はときに愉しく美しくかなしきほどに日向なる空

大寒の卵

大寒に生まれた卵を食べそこね金運幸運みすみすのがす
みちのくに積もれる雪の映像を視てゐるだけで転んでしまふ
「昔ならあなたは醜女」丈高きわれに言ひたる女《ひと》を忘れず
紅色の傘さし歩かむはげしかる如月の雨を押し返しつつ
幽かでもよいから音楽聴きたいと夫の言葉に黙すほかなく

母さんのグチ聴いてやれよ　われ見つつ夫は帰省の娘に言へり

若い時は何にも考へなかつたと妣の言葉を今思ひをり

疾走する車の窓にとびさるは梅か桜か桃だつたのか

土手脇の桜の花はほのぼのと吸つてくれたよ　七十の心情

葉つぱのメール

翔び来たるカラスがふはと落としゆく葉つぱのメールを摑みそこねる

ぎしぎしと枯木の枝が音をたつしなやかに風をやりすごせなく

みどり児は瞬きせずにみつめゐるよ母親役の女《ひと》に抱かれて

疎らなる霧島山の木木の間を彩る臭木の果実あかあか

面白き形に佇ちゐる犬黄楊は霧島の鹿に若葉くはれて

野蒜

夏草をこえて伸び立つ長き茎ノビルは白き花をかかぐる

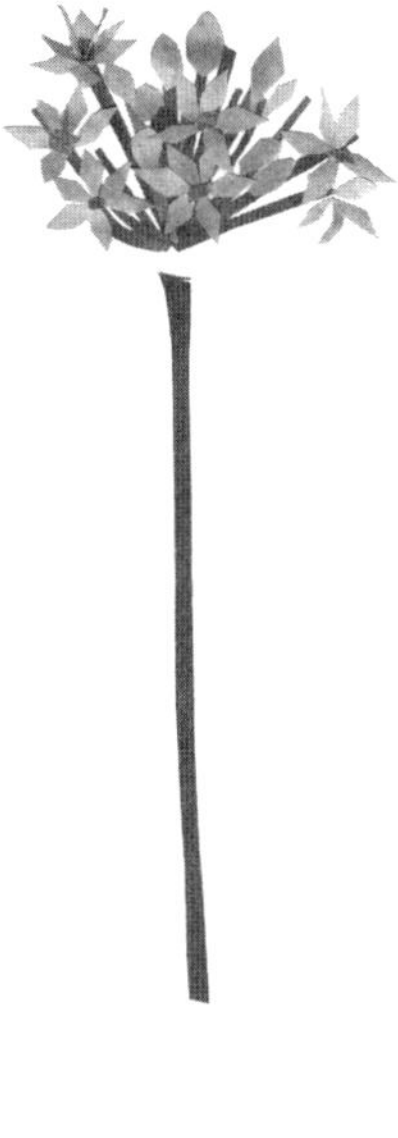

ノビル

心地よき風の堤にむれ生えるノビル四、五本薬味にと摘む

サッちゃんと束の大きさ競ひつつ裏の畑にノビルを摘みき

らつきようによく似し球根夏くれば背たかノッポの花をかかげむ

食糧のなかりし戦後摘みかへるノビルを母は酢味噌に和へき

武器見本市

口紅を並べるやうに銃の弾武器見本市をテレビは映す

遠足の園児らはこゑはづませて橋わたりゆくよ数珠つながりに

もう其処にゐないとわかつてをりながら橋の上よりカモをさがせり

足裏の痛きわたしに丁度よき座布団があつた　ふはり浮く雲

自販機の中の目をひく黄色き缶新入社員のやうに立ちをり

迸るやうに香りを放ちたり日向夏みかんに刃を当つるとき

履き癖のつきし子の靴玄関にある連休を充たされてゐる

わが裡に響きつづけぬ発ちぎはまで娘の弾きゐし月光の曲

月面着地のアポロ11号と重なれり受精卵子宮に着くまでの映像

げんこつを振りまはしゐる楠の枝六月の空を凹ましながら

テレビドラマを見了へてすぐに白蓮の歌を写ししノートをさがす

尿をせむと庭に出てゆく老い犬はぽたりぽたりと漏らして歩む

ぞきぞきと真黒き雲の湧き出でて大淀川に雨矢のごとし

夜の明けを待ちがてに鳴くセミのこゑとどろききこゆ愛宕山より

玄関ゆ小さきカニが上がりくる犬用スロープ伝ひて部屋に

夫と共に指染め食ぶる葡萄の実サニールージュといふ名のよろし

生き残るエノラゲイの乗員逝くかの夏の日が又やつてくる

ヒルガホの花

入道雲の頭に投げ縄してごらん雲さんだつて痛いといふよ

薄明に翔びゐるカウモリ見てをればわが家の窓の戸袋に消ゆ

傾ける厨の床をツツツツと犬のもらせる尿のはしれり

使ひのこしの妣のオムツをもらひきぬ老いて肥れる犬用として

ぽつかりとオムツに丸く穴あけるミルクの尻尾を引き出す穴を

きのふまで鳴きゐしセミはもうをらず耳が空家になつてしもうた

見上げゐる天満橋は星の道闇を流るるヘッドライトは

微風だになき昼を散る紫薇の花ドラマチックに生きてみたかり

食卓につく夫ずつと待つ犬がスリッパの音に頭をもたぐ

土手に延《は》ふしどろもどろの草もろとも刈りすてられぬヒルガホ十花

高倉健逝く

ノンちやんは雲に乗つて何処いつた置いてけぼりの私は老いた

とつておきの秘密を想ひ出すときに頰のゆるめり　雲が動く

恋ひしことも恋はれしことも遥かはるかアゲハしづかに翅をとざせり

俳優の死に泣くことはないけれど高倉健にはさうはいかない

高倉健逝つてしまつて日本の男の半分失ひたりき

戦後七十年に

槍突きの訓練の母待ちをりぬ寺庭のガテウとたはむれながら

風呂もらひの兵隊さんが好きだつた三つ四つ持ちくるカンパン旨く

ままごとの最中の空襲警報に壕へはしりぬ弟負ひて

壕の口に総立ちとなり見上げしは米機のおとしし七彩の落下傘

ガタガタと荷馬車に運ばるるダンボール父の職場の駐在所に

点検さるる箱の中より出で来しは菓子類だつたか手を出しさうな

敗戦と知りたる父は愛用のマンドリン割りぬ楽譜も焼きぬ

米兵に付き添ひ来たる通訳がたまさか従弟の俊朗さんとは

たくたくと胸とどろきぬ碧き目の巨き兵士に抱きあげられて

空腹を素振りに出すなと諭されて父にもらひし小さきオニギリ

杉の葉の束負ふ六つのわが肩にくひこみし母の赤き腰紐

畑中に小屋掛けをせし田舎芝居姉と行きたり炒麦持ちて

木炭車荷馬車の通る往還にゴム跳びをせりケンケンパアも

黒煙を吐きつつ走るＳＬに両掌ふりたりレンゲの田より

いつ見てもギター抱へて弾いてゐた床屋の若者の〈湯の町悲歌〉

「塔」の名簿

「塔」の名簿めくりてたのし四名の久子さんゐて久男さんゐる

この頃の天気予報は昼すぎの洗濯物を取り込めといふ

空き缶をけりつつ堤を歩きゐる少年の影夕日に長し

旅をする旨い物食ぶ遊びもすそんな日常虚しと友は

手造り豆腐

しつかりと目蓋をとぢて横を向く目薬点さるを嫌がる犬は

日に八度点さねばならぬ犬の薬六度目あたりで億劫となる

凝りのある処はなきかミルクちやん首か背中か肢のつけ根か

五つ六つの桜の紅葉拾ひきて臥しゐるミルクの首筋かざる

洋服に犬の脱け毛を付けてをり犬と人とのまんなかに生き

期日前の投票をする白菜と葱を入れるビニールを提げ

スーパーになき味求め谷川町の手造り豆腐を売る店へゆく

一斗缶にしづむ豆腐をはつみ屋のにいさんグィと鷲摑みせり

沢庵を購ひに行きたり一日の歩数にいまだ千歩のたりず

介護のかたち

はやり来し〈パパ・ママ〉の語に新しき時《とき》到来と面映ゆかりき

みつつほど松ぼつくりを持つてゐる一つは脳の奥まる処

テーブルに富士柿八つ並べおき紅葉にかがやく山脈つくる

聴きなれて親しみをもつ山ふたつ栃煌山と松鳳山は

茜色に移ろふ夕べの空みせて父母の遺影を窓に置きたり

お隣りの秋をぬすみぬ垣根より深呼吸して木犀の香を

追ひこしざまにこゑかけられぬスニーカーの萌黄のいろの清清しいと

子のこゑに似てゐて目ざむ点けしまま眠り込みたる夜更けのテレビ

風呂場より聴こゆる音に耳をたつ八十過ぎる夫の入浴

語感よき「らうらう」「びやうびやう」「にんにん」がわれらの世代の介護のかたち

カニ

側溝の工事に棲処うばはれてカニはわが家の庭に移り来

植木鉢庭石の下は穴だらけ大小のカニが出入りをする

隣家との境のブロック塀の上カニ這ひ鳥あるき白猫は駈く

鼻先をはさまれし犬「ウッエッ」と首をふりふり振り払ひたり

玄関の靴の中にこはばりしカニの亡骸小さき亡骸

キッチンを這ふカニ助け出さむとし人差指をはさまれにけり

金木犀散り敷く中を掻き分けてにげてゆきたりカニの親子は

勝手口に餌を待ちゐるカニあまた暫し待てまて猫の去るまで

足許の砂色のカニすまんけど其処のけそこのけ私が通る

暮れてゆく空を見上げるわが足のそばの穴よりカニもみてゐる

小春日の庭の穴より這ひ出でてカニら出会へり「お久し降り」と

鬼の洗濯岩

心だけ残ればいいと頼みたし川底の鬼の洗濯岩に

白雲の影かき分けて魚一匹川の大空泳ぎてゐたり

土手径に花でも摘まむ三人子のをさなき頃の影をひきつれ

束ねたる穂ススキを振りハタキだと戯れをりきわれの三人子

赤らひく秋の朝焼け雲のいろ川の面を染むわたくしを染む

狗尾草

犬の背撫でればわらふ土手に摘むヱノコログサの束の穂先に

エノコログサ

夭折の弟の乗る風だつたエノコログサの穂先が動く

入口のタイルの裂け目にほそぼそと生ふエノコログサ花穂をゆらす

弟とカラオケ店に唄ひたり父母の好みし歌を選びて

卵かけごはんですよ　弟ら三輪車ごんごんこぎて帰りき

如何にして越えゆきましし老い母か黄泉平坂《よもつひらさか》立てざる足に

日記

それほどはめでたくもなき元日の夜の日記のま白きがよし

このさきは何にかけよう重ねゆく齢に出来るは歌かやつぱり

老い夫に先立つことのあるならばゴミの分別できるでせうか

天候に左右さるらしき腰の痛み曇る日の夫かがまり歩く

われよりも一分遅れて笑ふ夫書きやる文に訳のわかりて

＊

雨上がりの勝手戸口にたむろするカニに撒きたり炒子のくづを

部屋のすみを逃げまはるカニのすばしこさわれを信じよ　よきにはからふ

＊

どうしたの　そつと取りあげ土に置けり引つくり返つてもがくカナブン

二度三度笑つてしまふよ独り視るテレビドラマのあひのＣＭ

車のない生活に

「ぐつたらんソレべつたらん」新年の餅つきをせり地区の童と

寒風に羽の膨らむジョウビタキ屋根より転がるやうに下りきぬ

入口に動かぬトカゲを骸かと見にゆく五回目姿のあらず

京よりの選者待つ午後南国の空に稀まれ風花の舞ふ

偵察に来ただけだつたと忘れゐしメジロ庭木にチュチュと鳴きをり

何ひとつ動くものなき庭さきを見つめゐる犬サッシを透かし

人間でないのが不思議にじりよりわが目をじつとみつむる犬は

両腕を×《ばつ》に重ねて意志示すもはや夫の運転こはし

わが意志を汲みて愛車を手放せる夫の耳は無念であらう

手放すのはさぞさみしからむ老いし夫車庫出でゆくを窓に見送る

幾つまで自転車に米を運べるか島梣の並木の道を

吸殻

わが夫によく似て生れし長の子を手放さざりき同居の義母は

子育てを了へないうちに巣立たれてぎしぎし胸に軋むブランコ

子の部屋に古びる馬の縫ひぐるみけふの処分をまた見送れり

ひき返し今いちど見む茶房にて見かける息子によく似るひとを

ぴたぴたと的中したる第六感会ひたき息子が帰つてきたり

一夜のみに発ちゆきしのちの灰皿の吸殻とり出し掌にのす

米二合を五円に炊ける電気釜息子に貰ひぬ金婚祝ひと

子の忘れしパナソニックの髭そりの黒きをしまし頤《おとがひ》に当つ

箱根駅伝の選手の中にさがしをり息子の母校のユニホームの色

バケツ

朝空をとぶ飛行機の引ける雲淡くまとへり茜の色を

ＡＴＭの操作手間どりぬ次にならび急かす男よちよつと待て待て

庭先にこぼれ生えくるコスモスを十ケのポット並べ囲へり

何といふ名をもつ蛾なのか柊の葉先を幾匹翔んでは止まる

ミニ薔薇を濡らし雨ふる夜の夢に入りこし男をいや訝しむ

濡るるままのレインコートを掛けくれぬキネマ館の受付嬢は

わが帰宅を見届けるなり目をとぢるミルクよお休み心おきなく

ミルクの尿を拭きとるタオルを漱ぎたりかつて義母の物洗ひしバケツ

弟に購ひしビールのスーパードライ残りて庫内にかぎりなく冷ゆ

〈夏の日の恋〉のＣＤ聴き入りぬ時には背筋シャンとさせねば

ねむれない夜でよかつた若き日に流行りし歌を百曲聴いた

古ピアノ

次つぎと巣立ちゆきたる三人の子ピアノだけはと手放さざりき

七つ五つみつつの子らに付き添ひて通ひきヤマハの音楽教室

スリッパを履く間も惜しみ下校の子行進曲をはづみ弾きゐき

ダイゴちやん飼ひはじめてより末娘〈子犬のワルツ〉あまり弾かざり

幼児期の子らの弾きゐしバイエルが折をりわれの脳をかける

古ピアノ手放さむかと夫と決むもはや帰省の子の弾かざれば

今日の午後別れとなるか夫とわれサヨナラせむとキーをたたけり

業者ふたりに運ばれ門を出るピアノいづれ中国に売られゆくらし

＊

黒白をつけるわけではあらざれどこれからのわれのナチュラルな髪

今迄は受けたことなき気配りを若者に受く白毛となりて

大淀川のほとりに

高きより低きに流れて来し水よ太平洋に一キロあまり

逆流をしてはゐぬかと窓により首を右から左へまはす

朝空を群れ翔ぶ鳥よ見た目には内臓元気に羽も傷めず

対岸に挙る白サギの幾百に如何なる鳥の事情あるらむ

ドンとひびく打ち上げ花火にテロおもふ生きの途中の七十七歳

＊

小戸神社をいでて土手径あさ風をきり翔ぶサギは幣のごとしも

うつし世を如何におぼすや古事記編纂一三〇〇年の小戸の神神

宮崎に新幹線はまだなのか神無月には出雲へ行くが

＊

おのづから靴音はづむ土手径にうすき半袖揺りて白南風

号令を唱和しながら駈け抜ける紺のジャージのおまはりさんら

さささささと玄関口まで来てカニはサササササと退くわれに気付きて

そら耳でありしか裏に出てみるも姿みせざる河童であつた

＊

闇空に数へし流星三六五名はおぼろとも宇宙畏れき

今日は何日

食卓に寄るなり今日は何日と新聞紙面の日付たしかむ

切れかかるマジックペンにぎしぎしと書き二階まで夫を追ひゆく

百均に十冊を購ふ筆談ノートたまには不満も書きて渡さむ

裏庭にはびこりはじむるあら草の父子草母子草そのままにおく

かけのぼり見たよわが家の二階から衛星「ひとみ」のうすれゆく雲

踊ることはもう無いだらう下駄箱の奥に仕舞ひぬダンスのシューズ

ほとんどを寝たままの犬ま夜中の放屁はわびし生といふもの

耳朶に飯粒をつけ皿を舐む肢弱のミルク腹這ふままに

生温き感触に覚む眠りゐしわが掌をミルクが舐めまはしをり

天満橋のすみに転がる亡骸のハチわれを刺せ生きてわれ刺せ

大空に地図をひろげてゐる雲はそこらここらに湖をおく

風草

踏まれてもすぐ起き上がるカゼクサは〈しなやか〉といふ花ことばもつ

カゼクサ

カゼクサを見かけずなりぬ堤防の嵩上げ工事すみし頃より

別の名をカゼシリグサとは又よろし紫あはき小さき花穂

花よりも名前の風情の好きな草カタカナ書きより漢字の風草

バスとタクシー乗り継ぎてゆく墓まゐりの径にカゼクサ大地をつかむ

整然と刈られし土手によくもまあ残されてゐたタマスダレの花

ミサイル

ミサイルの着弾したる日本海に弔ひの影死したる魚の

「また飛んでくるでねえのか」インタビュー受くる漁師は苦笑ひせり

四十年脳はなれずこびりつく拉致の語もはや払ひのけたし

恋式部紅式部とぞ平安の女官か新種のスイートピーは

KAROUSHI は世界の通用語となれり記憶にあたらし電通女性

火事火事と身振り手振りに報らすれど夫は怪訝な顔をかたむく

あたふたとにはか仕込みのパントマイム用紙もペンも身近にあらず

アナウンサーの語りのスピード速まりぬそろそろ夜中の三時の時報

さし出せる掌に触るるなく花びらはわれ置きざりに流れてゆけり

西行の死の季に合はせ逝きし父と大岡信の子息の語る

はりはりと心を充たすものなくて老の一日みじかく過ぎぬ

オーイとおらびて

りんだう号降りつつ深く息をすふ〈口笛の鳴る丘〉胸にひびかせ

底なしに空が碧くて広いから小石に足をとられてしまふ

風化せし石のくぼみに一輪のリンダウまさに天界の花

手をのばし友と囲へり四百年を生きゐるといふ杉の大木

霧島のもみぢにあひたし瓜肌楓・小峰楓といろは楓に

紅葉の林を風に浮游せむ小鳥の肩にのるのもよいか

姿みせぬ野生の鹿に幼らがオーイとおらびて九頭に会ふ

えびの岳たどる小径に虫ひとつ転がしゐるは鹿の糞らし

父の口に常のぼりゐし父祖の地の錦江湾いまわれの目のなか

さやうならさやうならと惜しみつつ夕日が山にかくれちまつた

ふらつくほど呑むことはもう無いだらう高原ホテルに友らと酔ひき

耳かざり

ほのかなる香のただよひ来ごんごんと今し刈らるる土手の秋草

この掌には熱情がない　触れてゐる八手の葉つぱはわれに冷たし

丁寧な言葉のはしに汲み取りぬわれに距離をおきたき友か

はじめから一人ではないかといふ声すさうだつたのだ忘れてをりぬ

朝食になかなか起きてこぬ夫のベッドにゆきて息づかひきく

小さなるフライパン一個シニアーの一人分ごはんを二人にて食ぶ

日の入りを報せなくとも灯は点るだんだん街は星空に似て

冷蔵庫の上の段は手に遠し触れて落とせる卵のパック

道路まで響くテレビの音量にかけもどりゆく夫の部屋に

欄干ゆ翠の川をのぞきゐて音なく墜とす真珠のかざり

またしても右耳だつた左様ならせぬのに墜ちる耳のかざりは

薬湯

カーテンをあくれば茜の朝空と川の流れがオハヤウといふ

冬晴れの庭の木蔭に芽を出ししフキノタウはも凍えはせぬか

砂だまりの岸占めて立つヲギの穂は冬至の昼を北向きに伏す

ティッシュを重ねたやうな雲の間を抜けて差しくる寒九の朝日

ミルクの排尿やうやくすませたり午后の映画に友をさそはむ

今日も又自転車で？と問ひかけて二人分のチケットわたす

つよき風に吹かれ入りこし紅梅の三ひらが湯船の底にはりつく

温泉と思ひ浴びませ昼前にたつぷりと張る青き薬湯

食べられない食欲がないといふ夫に旗ふりつづくる他に手はなし

粗相をし見上げてうかがふ老犬に「ヨシヨシ」と言へばかうべをおろす

掛けてやる毛布ずれゆき寒きミルク鼻をならせてわれ目ざめさす

家を仕舞ふ日

京町の実家

墓守りの姉患へり杉落葉に荒れゐる父母と弟の墓

萎れゐる花いたいたしカップ入りの焼酎霧島だけはへらずに

家仕舞の神事をせむと相模原の弟よりの電話を受くる

こゑ高く御祓ひしつつ神主の咳こむ聴けば苦しくなりぬ

鴨居よりおろす父母おとうとの遺影は神主様に委ねる

施設入居の姉をかしらに皆老いて今日が最後の集ひとならむ

八十歳のからだと心情《こころ》はその時にならねばわからぬと妣戒めき

物置きに見つけしわれの若き日の日記の五冊褪せてよごれて

思ひ出せぬことばかりにて拙き字されど文章現在《いま》よりは良し

相模原に向かふ位牌に手を合はす父よサヨナラ母よサヨナラ

今頃は青い小さき実をつけて柿の葉ひかるか夕陽のなかに

息子の帰省

花のなき草だけ抜かむ裏庭に麦藁帽子をはすに被りて

朝倉宮の斉明帝の恐懼せむ二〇一七年七月の水害

七月の筑紫の泥土に阻まれて御霊のいくつ未だ還らず

朝つぱらから面倒くさいと思ひつつ「あたためますか」と書き夫に問ふ

老い夫はをさな返りをせしやうにパンダの赤ちやん見たいと言へり

二十年家のまはりに棲むカニをもう庭ガニとよんでよからう

群れながら命を競ひ翔ぶ小鳥あかつきの空に一日をはじむ

土手径に吹きくる風はさやさやとみどりのカヤの香りをはこぶ

友よりの電話はばみしセミのこゑ静まる夜にかけなほしたり

足首の骨折に杖をつく息子階段上るまでを見届く

こゑ出さずにむつみ合ひをり無口なる息子とおとなしき老い犬が

ミータン

お湿りを待ちゐしカニが庭石の下ゆ螯をかかげて出で来

空《うつ》セミのしがみつきゐる紫陽花の枝をのこして伐り整へぬ

時どきの気分にまかせて犬をよぶミルミル、ミー子、ミータン、ミルク

帰省せる五十の息子の表情のなかに亡き父ふいにあらはる

「いいぞいいぞも少し歩け」夫と子は代はる代はるに犬をはげます

三度目はもうお断りくちびるにヘルペス疱疹またまた出きぬ

老いの季節なかなかスマートにはいかぬ桜落ち葉の風にまろべり

零点に抑さへし投手顔をあげスキップふたつにベンチにかへる

本音には気付かぬだらうよ文字に書き伝へるときは殊勝なるわれ

ほかほかの心冷えざる今のまに時化の雨なかポストへゆかむ

睡眠に入るまでの儀式まよなかの寝床に腕の指揮棒をふる

星空のブルース

暗闇に天井みつめトランペットの〈星空のブルース〉くり返し聴く

生垣に山芋の葉の朽ちはじめ鉄色の零余子いつむつななつ

雨雲の垂れゐる秋の空さみし列なし川に降りてくるカモ

岸の辺の枯れススキの穂ふれたくて土手の石段下りてゆけり

思つたほどは心はづまず　高原の林に赤きツルリンダウの実

よろけつつ踏みしめ歩く暗緑の岨みちに敷く柞の葉落ち葉

石径の急なる坂にぐらつきて横より友の支へを受ける

今日の分の歩数ふやさむ洗ひ物一つづつもちて棹にゆきたり

散髪をしてやる事を忘れてたイエス様のやうな夫の頭

いつ下りてくるともしれぬ子を待ちて階段下の犬鼻鳴らす

同じ血をもつ肉うすきわが息子音なく影のごとく佇ちをり

ラ・フランス

少しだけ切りて味見す頂きしラ・フランスの食べ頃まだか

小夜しぐれやみし庭さきアパートの白壁に紅く山茶花の映ゆ

陽の恵みつぶさに享けたり極月をつんと伸び出すスズランスイセン

みづからを宥めなだめて食事する会話かなはぬ夫を前に

藤村の『若菜集』を膝ばさむ少年ひとりわが裡に棲む

初夢にやうやくやつて来た母さん笑ひもせずに外方を向いて

日向ぼつこしてゐる犬の片目より垂るるメヤニがにぶくひかれり

暗緑の色にしづめる冬の川からだの中をさわだち流る

冬ごもりのカニであつたか植木鉢動かすわれを威嚇して立つ

オホイヌノフグリかこれはヂシバリか土手に勢ひ出づる青き葉

ぎらぎらと朝日を受けて光る波魚の目にもゴーグルが要る

魚になりたし

生活の習慣病か夫の腰痛置物のやうに外には出らず
沈む気を取りもどさむと化粧せり〈ドラマチックルージュ〉のくれなゐの色
追はれ来て「ワンちやんに」ともらひたりほかほか湯気たつ串焼の鶏
空を翔ぶまつ白き鳥のシラサギよ平野歩夢は人間なのか
初老とは四十の異称倍近く生きて古びて凭り掛かられて

膝崩しレンゲの野原に撮る写真われの遺影となるかも知れず

春がすみ漂ふ空に新燃岳の噴煙なかなかとらへがたかり

岸の辺のぬかるみに凹む五つ六つの鳥の足あとカモかカラスか

見送りて歌の一首も出来ぬまに羽田に着きしと電話のきたり

もやもやとすること多し森友と加計日大のアメフト問題

堤より青き流れを見てあれば身投げにあらず魚になりたし

失神す

腹痛に気を喪ひてたふれたりトイレに行かむと立つま夜中に

頭蓋骨に穴あけられぬ硬膜の下に漏れ出でし赤き血液

四日目ゆりハビリ先づは算数と国語パズルの絵の組み合はせ

足裏が地に届かざる感じなりゆらりゆらりと宙とぶやうに

こはごはしき漢字のつけるわがやまひ慢性硬膜下血腫なんぞと

高きには上がるな無理をせぬやうに注意を受けて退院をせり

十二日ぶりの帰宅に飼ひ犬の貌よりとび出すばかりの目玉

川風の堤トンボがもう少し速く歩けとしばしつきくる

意識なく倒れしことのツケが来てぐらぐら歩く目をまはしつつ

橋までの距離がこんなに遠いとは　リハビリに歩く堤の小径

百歳まで生きられる世の来にけりとやすやす言ふけどなかなかなんだ

ミルクの死

苦しめるミルクに術なし口の端に水さし入れて湿らすばかり

早暁に逝きしミルクか意識なくあけたるまなこ瞬きもせず

十三年と五十三日共に生くミルクは大事な娘であつた

スコップを持ちて庭土掘りあげぬ居合はす息子と娘と共に

シャワーあび汗と涙を流したり犬の埋葬了へたるのちに

ミルクちやんミコミコお目目さましなと逝きて十日目いまだ癖いづ

好物でありし刺身と鶏肉を口にするとき箸先とまる

明けて「お早やう」暮れて「お休み」死んだとてミルクはまだまだ私に近い

犬の魂のり移れるかそばに来てツクツクと鳴く声をはりあげ

災害のあらばと常に案じゐしミルク逝きたり彼岸花さく

来年の手帳に赤く丸しるす八月逝きし犬の命日

ムラサキシキブ

空き家なる里の門の辺たわたわと紫の濃きシキブつぶら実

玄関前に坐すお地蔵に長くながく拝してをれり老いたる姉は

生きてゐてよかつたと姉弟とわれと囲める昼餉の卓に

＊

マスクして背を丸めゐる人の波いよいよ冬か　いやだなあ

橋の上ゆ見下ろす川にボラがゐるカモもゐるゐるお日様もゐる

夕焼けを映す川の面さびしらにカモの四、五羽の浮きゐるが見ゆ

柊の花香りたつもう少しサイズ大きくなつたらいいに

障子あけ墓のミルクに声をかく　半分はゐて半分ゐない

三度ほど肩をすぼめて夫に示す「寒い寒い」がききとれぬから

左右からもたれて来るな夫と子よ疲れもしますす目眩もします

あとがき

今から四十年も前になる。三人の子を育てながら十七年間をつとめた保育士の仕事をやめてパートタイマーに切りかえた。この事が幸運なことに私に学習する機会を与えてくれたのである。末っ娘《こ》の小学校卒業式の日に「子育てもおおかた終ったなあ」という感慨のもと、これからは自分自身のために時間を充てようと思った。とりあえずは当時夏から秋にかけて開講されていた宮崎大学教育学部の公開講座に申し込んだ。だいたい十二回位の勉強会である。末子が大学卒業までは十年かかることもあってその十年間は休むことなくつづけようと決心したのである。

その講座の一年目は牧水の生誕百年目にあたり「牧水別離の世界」の講義を受けた。文芸に趣味をもつ私だったので牧水関連の歌集、書物、全歌集すべてとりよせて手当り次第に読みあさりすっかり牧水のとりこになった。

そこで生家の東郷町坪谷をたずね「年間一千首詠みます。どうぞ私にお力添えを……」という事を祈願する。

〈十年間を休まずに大学講座を受ける〉、〈一年間に一千首を詠む〉私の性格には妙な癖があって先ず目標の数字をたててそれを達成すべく、せっせせっせと自分自身を追いこんで実現させるのである。〈大学の十年間を休まずに……〉はなんとか達成出来た。一方〈一年間一千首詠む……〉は四、五年は達成したものの多作は良い歌につながらない事に気づき、あとの三十年間位は無理することなく詠んでいる。

さて、当時の宮崎市内には数ヶ所のカルチャーセンターがあり短歌教室は勿論のこと文学関係の講座もいろいろ開かれていた。私は短歌の他に「源氏物語」講師長嶺宏、「万葉集」講師竹井左馬之亮、「古典教室」講師田尻龍正など休みの日には殆んどカルチャーセンター通いですごした。

特に「源氏物語」は講師の長嶺宏先生なきあともグループで週一度の勉強会をおよそ三十年間つづけることが出来たのは大きい。

さて、短歌の話にもどるがあちこちのカルチャーセンターの短歌教室に通いつつ、いまだ何の形もなしていないことに気づき六十歳をこしてから結社「塔」に入会して気分を一新したのである。

年齢をかさねるあせりもあって、〈歌集もつくりたい〉〈新聞歌壇にも投稿して年間賞をめざしたい〉との気持がおさえがたく〈歌集は七冊を出す〉〈地方紙の歌壇の年間賞をめざす〉と例の数字を前に立てる癖がここでも出てきた。

しかし、これがよかったと思う。四つの新聞の歌壇の年間賞をいただけた。最後の目標は七冊目の歌集だけとなった。

第六歌集『山芋の蔓』を出したのは平成二十九年秋である。当時は四、五年先に最終歌集をとゆっくりとかまえていた。ところが思いもかけず右手の中指が痛み出した。以前のリューマチの検査で陽性に変っている事もわかっていて、そのための指の痛みかと思った。

悪いことは重なるもので深夜トイレに行こうと立ち上がった時に意識を失って倒れ左頭部を強打したのである。余儀なく入院となり退院後も慢性硬膜下血腫のもと立ち上がるときなどぐらつくのである。

最早、時間がない……と最終歌集『風草のうた』にとりかかった。六冊の歌集の中から選んだ歌、新聞歌壇入選歌、「塔」の掲載歌などほとんど作歌の順に一三七五首にまとめた。

下手の横好きということばもあるとおり一三七五首あったとしても本当に残るべき歌は一首も作ることが出来なかった。

強いて心にのこる歌といえば歌人といわれる方々に選んでいただいた歌だけである。

我武者らに奪はれもせず捧げもせぬわが胸裡なる手つかずの少女

春日井建選

揺りおろすリンゴの色の変はるまでYESかNOか決めかねてゐる

NHK学園

家事の手伝ひ何もいたさぬわが夫の前世は働きバチであつたか

河野裕子・永田和宏選

山道の立札見上げ動くともせぬ犬よ　何が書いてあるかい

小池光選

殊更にしあはせなのねと言つてみる話題を他に変へてみたくて

東直子選

曇天にストローさして雲を吸ひ一気にひらいてみたき青空

志垣澄幸選

悔いをもつわれに見せつけ了はりたりドラマに確と抱き合ふ母子

川野里子選

夢はこぶ風になりたい　これまでは待つことだけの風船だつた
県民短歌大会

母さんの牡丹餅とても旨かつた過去形ながら何時も礼言ふ
伊藤一彦選

ざらざらの樹の感触はをさな日に頰ずりをせし亡き父の髭
浜田康敬選

むくむくと湧く夏の雲逢ふたびに母の記憶のほどけてゆけり
岩井謙一選

きのふまで鳴きゐしセミはもうをらず耳が空家になつてしもうた
吉川宏志選

高倉健逝つてしまつて日本の男の半分失ひたりき
永田和宏選

一生をかけて詠んだとしても「一首を残す」という事はなみたいていの事ではない。その一首をめざしてこれからの私は努力しなくてはならないのだと改めて決心している。

風草という名前の雰囲気が好きでタイトルに選んだ。生命力が強く人にふり返られるような花をつけるわけでもなく地味に田舎道に生えている草だ。

カルチャー教室で御指導いただいた諸先生、塔の選者の先生、新聞歌壇の選者の先生、共に学習した歌友の皆様に心より感謝申し上げたい。

今回の出版も第六歌集と同じく青磁社にお願いすることになりました。永田淳氏他同社の皆様には大変お世話になりました事を感謝いたします。

尚装幀及びイラスト画をお引きうけいただいた花山周子氏に心より御礼を申します。

吉村　久子

二〇一九年五月

著者略歴

吉村 久子 （よしむら・ひさこ）

1939 年（ 0 歳） 宮崎県に生まれる。旧姓赤崎久子
1958 年（18 歳） 県立福島高校卒業
1984 年（45 歳） 短歌をはじめる
2004 年（65 歳） 短歌結社「塔」入会
2006 年（67 歳） 第 1 歌集『茜雲』
2007 年（68 歳） 第 2 歌集『流れる』
2009 年（70 歳） 第 3 歌集『今日は鳥明日は春風』
2011 年（72 歳） 第 4 歌集『水辺の葦』
2014 年（74 歳） 第 5 歌集『ゆきあひの空』
2017 年（77 歳） 第 6 歌集『山芋の蔓』

2006 年度　宮日歌壇賞
2012 年度　宮崎よみうり文芸短歌賞
2013 年度　よみうり西部歌壇賞
2015 年度　宮崎朝日短歌賞

日本現代詩歌文学館振興会会員

塔21世紀叢書第348篇

吉村久子作品集 風草のうた

初版発行日 二〇一九年七月二十日

著 者 吉村久子
宮崎市福島町二―二六（〒八八〇―〇九四六）

定 価 四〇〇〇円
発行者 永田 淳
発行所 青磁社
京都市北区上賀茂豊田町四〇―一（〒六〇三―八〇四五）
電話 〇七五―七〇五―二八三八
振替 〇〇九四〇―二―一二四二二四
http://www3.osk.3web.ne.jp/~seijisya/
装幀・挿画 花山周子
印刷・製本 創栄図書印刷

ISBN978-4-86198-431-0 C0092 ¥4000E